Alfred Stadlmann
Zeit der Tränen – Ausgebrannt

Wer seine Wunden zeigt,
wird dadurch seine Seele heilen.

Alfred Stadlmann, geboren 1961 in Rottenmann,
arbeitete 32 Jahren in diversen Unternehmen
seiner Heimatstadt Liezen im Computerverkauf.
Als ihn eine Erkrankung am Burnout–Syndrom
daran hinderte seine Tätigkeit weiter auszuüben,
entdeckte er seine Leidenschaft für das Schreiben.

Dieser autobiografische Roman stellt
sein erstes Werk dar.

Alfred Stadlmann

Zeit der Tränen
Ausgebrannt

Standpunkte, Emotionen und Gedanken
zum
Burnout-Syndrom

Gedruckt mit Unterstützung durch

kultur
steiermark

Covergestaltung: Hans Peter Wildling
Korrektorat: Mag. Waltraud Wetzlmair-Zechner
                   www.texthaus.at
Satz und Layout: Heinz W. Pahlke

Bibliografische Information der Deutschen Nationalbibliothek

Die Deutsche Nationalbibliothek verzeichnet diese Publikation in der
Deutschen Nationalbibliografie; detaillierte bibliografische Daten sind
im Internet über http://dnb.d-nb.de abrufbar.

Herstellung und Verlag: Books on Demand GmbH, Norderstedt
ISBN: 978-3837097122
© 2009 Alfred Stadlmann
2. Auflage 2010

Inhaltsverzeichnis

*Dieses Buch widme ich meiner Familie,
die auch in schweren Zeiten immer zu mir stand und
mir die Motivation gab, die ich benötigte,
um mich wieder selbst zu finden.*

Prolog

»Schlechte Zeiten ebnen den Weg, auf dem die besseren kommen können.«

Diesen gewichtigen Satz schrieb Jesse Martin in seinem Buch »Lionheart«, in dem er von einem Solo-nonstop-Segeltörn um die Welt berichtete. Dieser damals siebzehnjährige Junge hatte mich schwer beeindruckt; im Speziellen seine mentale Stärke, die er teils unter unwirtlichsten Bedingungen bewies. Auch wenn er ab und zu Zweifel hatte, so verlor er doch nie sein Ziel aus den Augen: Nach 328 Tagen und etwa 27 000 Seemeilen am 31. Oktober 1999 wieder nach Melbourne – Australien zurückzukehren, um seine Familie in die Arme zu schließen. Er startete seine Reise im Dezember 1998, als ich mich gerade von den Folgen einer Gehirnblutung erholte. In jenen Tagen waren wir beide vermutlich die glücklichsten Menschen der Welt. Er begab sich auf seine Traumreise, und ich hatte die Möglichkeit geschenkt bekommen, meine Reise fortzusetzen.

Aber im Gegensatz zu Jesse, der seine Route geplant hatte, und seine gesamte Energie zum Erreichen seines Zieles aufwandte, navigierte ich ziellos und ließ mich einfach so dahintreiben. Ich ging den einfachsten, gemütlichsten Weg. Während Jesse in jungen Jahren schon wichtige Entscheidungen traf, war ich, damals mit siebenunddreißig, weit davon entfernt und ließ andere über mich entscheiden. Über meine Zukunft, über mein Schicksal, über mein Leben.

Ich dachte damals: »Wenn du das überlebt hast, kann dich im Leben nichts mehr stoppen.« Falsch gedacht!

Jesse erreichte den antipodischen Punkt seiner Reise am 15. Mai 1999. Das war jener Punkt (wenn man vom eigenen Standpunkt kerzengerade ein Loch durch die Erde bohrt, kommt man an der gegenüberliegenden Seite, dem antipodischen Punkt, wieder heraus), den er runden musste, um danach wieder die Heimreise antreten zu können.

Den antipodischen – oder auch den Wendepunkt in meinem Leben – erreichte ich am 08. Jänner 2008.

Wie alles begann

Vor zweiunddreißig Jahren fasste ich den Entschluss, Einzelhandelskaufmann zu werden. Es war mir nichts anderes eingefallen, ich wollte im Warmen stehen und Kontakt zu Menschen haben. Außerdem hatte mein Vater schon eine Lehrstelle für mich ergattert. Damals spielte ich Bassgitarre in einer Rockband und benötigte dringend »Kohle«, um mein Instrument zu finanzieren. Die Schulausbildung an einem Gymnasium wurde von mir abgebrochen, um mehr Zeit für die Band zu haben.

Die Begeisterung über diese Entscheidung stand meinen Eltern damals ins Gesicht geschrieben.

Nach Abschluss der Hauptschule und des Polytechnikums widmete ich mich voll Hingabe der Rockmusik. Nebenbei erlernte ich den Beruf des Einzelhandelskaufmannes.

Der Gewinn eines Bandwettbewerbes mit meiner Band »SLAVE« und die Produktion einer Single ließ uns glauben, es geschafft zu haben. Doch wie es so kommt im Leben, »erstens anders, zweitens als man denkt«, zerplatzte der Traum, als Rockstar ein Leben in Saus und Braus zu führen, sehr rasch. Die Entscheidung, zwischen der Band und der Gründung einer Familie zu wählen, fiel mir damals nicht leicht. Aber sie fiel – und zwar zugunsten einer Familie.

Diesmal war wirkliche Begeisterung im Gesicht meiner Eltern zu sehen.

Ein unscheinbares, kleines, aber mit einem großen Herzen ausgestattetes Mädchen hatte es mir angetan. Ich war über beide Ohren in Gabi verliebt. Sie wurde zum Pluspol in meinem Leben und hielt mich durch ihre Kraft, die sie in die Beziehung einbrachte, im Gleichgewicht. Was sie allerdings noch mehr auszeichnete, war ihre Engelsgeduld mit meinen Starallüren, als ich noch in der Band war. Sie traten vorwiegend nach feuchtfröhlichen Feiern mit den Jungs auf, bei denen der Weg zu dem sich am Horizont abzeichnenden Erfolg besprochen wurde. Gabi hatte sich allerdings vorgenommen, aus mir einen verantwortungsbewussten und treu sorgenden Vater zu machen. Auch ich entschied mich schlussendlich zu diesem Weg. So dauerte es nicht lange und in unserem neuen Eigenheim, das 1986 bezogen wurde, tummelte sich zuerst ein Mädchen, Tanja, und vier Jahre danach wieder ein Mädchen, Kerstin.

Unser Glück war vollkommen.

Die Lehrjahre in einer Firma für Schul- und Papierartikel lagen hinter mir. Das Bundesheer war geschafft. Ich war voll motiviert, im besten Alter und mittlerweile Angestellter einer Firma, die in Liezen und bundesweit Fotoartikel und Elektronik vertrieb. Zehn Jahre fühlte ich mich in einem tollen Betriebsklima mit super Kollegen sehr geborgen. »Spaß beim Verkauf und Spaß nach der Arbeit« war zu unserem Leitsatz geworden. So ergab es sich des Öfteren, dass ich etwas später von der Arbeit nach Hause kam. Gabi war davon natürlich nicht begeistert und es gab so manche Reiberei. Doch Schnaps ist Schnaps und Bier ist Bier, wer den ganzen Tag hart schuftete, hatte sich ein wenig Spaß mit den Kameraden verdient. Und das wurde für einige Monate mein Wahlspruch. Bis zu jenem Tag, an dem uns ein neuer Filialleiter vor die Nase gesetzt wurde. Ein Pedant sondergleichen. Aus war es mit dem Spaß und der Freude bei der Arbeit. Aber nur für kurze Zeit. Denn der Spieß wurde umgedreht und dem Neuen der Spaß an »seiner« neuen Arbeitsstätte verdorben. Bis zu jenem Tag, wo es nach einer Intervention des neuen Filialleiters, der sich das natürlich nicht gefallen ließ, in der Chefetage zu einer Aussprache kam. Die Konzernleitung schickte daraufhin einen Vermittler, der für Ordnung sorgen sollte. Ich war damals der »Rädelsführer« und gab die Parole aus: »Wenn der Neue bleibt, dann gehen wir alle.« Er blieb und ich ging – alleine.

Zum ersten Mal in meinem Arbeitsleben war ich so richtig enttäuscht. Der Loyalitätsverlust tat weh. Schon damals war ich ein Mann der schnellen Zunge und der langsamen Gedanken. Es machte mir Spaß, mit dem Kopf durch die Wand zu gehen, denn ich hatte bis zu diesem Tag keine Konsequenzen zu fürchten gehabt. Gott sei Dank hatte ich, zum großen Vorteil meiner noch jungen Familie, ein Angebot einer neuen Firma in derselben

12

Branche, die in Kürze in Liezen eröffnen würde, vorliegen. Ich nahm sofort an. Langsam verließen auch die ehemaligen Kollegen die alte Firma und wechselten im Lauf der Jahre zu meinem neuen Arbeitgeber. Wir wurden wieder zu einer eingeschworenen Truppe. Die Geschäfte liefen gut und die Jahre vergingen. Bis zum Konkurs. Ostgeschäfte des Juniorchefs brachen der Firma das Genick. Denn mit der Zahlungsmoral im Osten war es Anfang der Neunziger nicht weit her. Die Computer wurden rasch geliefert, leider zu rasch, denn die Bezahlung selbiger blieb aus.

Das Team schien zu zerfallen, da tauchte ein Silberstreif am Horizont auf und eine weitere große Fotokette mit Sitz in Wien übernahm die Agenden der gestrauchelten Firma. In einem neu errichteten Einkaufszentrum wurde eine topmoderne Filiale bezogen. Gleich neben diesem Einkaufszentrum befand sich aber eine Filiale derselben Firma und es entbrannte ein Wettkampf um jeden Kunden. Die bessere Belegschaft würde das Rennen um den Platz in Liezen gewinnen. Mit sehr viel Herz und Engagement hatte unser Team am Ende die Nase vorn. Dieser tolle Erfolg wurde aber noch mit einem Sahnehäubchen gekrönt: Der Filialleiter der Verliermannschaft war derselbe, gegen den ich damals als Rädelsführer auf der Strecke geblieben war. Es war angerichtet.

Tolle Lage, Topprodukte, tolles Team und jede Menge Energie sowie Euphorie: Das waren die Zutaten für einen Erfolg, der selbst die Konzernleitung in Wien ob der Umsätze, die in der »Provinz« geschafft wurden, staunen ließ. Es sollten noch fünfzehn lange Jahre ins Land gehen, bevor das kam, was kommen musste. Hätte ich zu diesem Zeitpunkt schon etwas geahnt, hätte ich vermutlich dagegen gesteuert . . ., oder auch nicht!

Der Druck steigt

Nachdem der Filialkampf gewonnen und die Hierarchie mit dem alt-bewährten Team wieder hergestellt war, kamen nun harte, aber auch lustige Zeiten auf uns zu. Der Druck im Verkauf wurde jedoch immer grö-ßer. Die Toplage des Einkaufszentrums und der Zustrom aus allen Teilen des Bezirks brachten es mit sich, dass der Umsatz explosionsartig anstieg. Die Anforderungen an jeden von uns wurden immer weiter in die Höhe ge-schraubt. Die Umsatzziele des Konzerns stiegen und stiegen. Früher konnte man die Kunden noch beraten, doch nun musste man sie abfertigen, denn der nächste Kunde wartete schon und brachte Umsatz. Es blieb außerdem keine Zeit mehr für administrative Aufgaben wie Lieferung übernehmen, Reparaturabwicklung sowie Warenaustausch mit anderen Filialen. Drei, vier KollegInnen mehr wären nötig gewesen, um das gestiegene Arbeits-pensum zu bewältigen. Doch auf diesem Ohr war die Konzernführung aus wirtschaftlichen Gründen natürlich taub. Immer öfter waren wir Abend für Abend bei der Lieferungsübernahme, anstatt zu Hause bei der Familie. Mit ein paar Bieren ließen wir immer öfter Ärger und Frust über die Miss-stände in der Führungsetage freien Lauf. Wir stellten das System unserer Firma infrage und hatten nur mehr den einen Wunsch, jemand möge das tägliche Martyrium beenden. Tagein, tagaus dieselbe Tretmühle und immer ein freundliches Gesicht dazu machen – der Kunde war und ist ja König. Das war das Wichtigste für die Firma. Und natürlich die Zusatzverkäufe. Einmal wurde diese im Normalfall geltende »Kunde-ist-König«-Geschichte allerdings widerlegt und erheiterte unseren immer grauer werdenden Ar-beitsalltag:

Ein Kollege hatte einen aufmüpfigen und rechthaberischen Kunden, der von seiner vorgefassten Meinung über den Qualitätsstandard eines Fotoapparates nicht heruntersteigen wollte. Bei der Beratung hatte diesem Kunden bei einer Kamera etwas nicht gepasst und er wollte daraufhin meinen Kollegen Bernd zur Rede stellen. Zuerst versuchte Bernd, den Kunden noch zu beruhigen und ihm zu erklären, dass bei einer Produktion auch einmal ein Fehler passieren könne, aber der Kunde ließ nicht locker.

»Wenn ich Ihnen sage, dass dieser Fotoapparat ein ›Klumpert‹ ist, dann ist das auch so«, bellte der Kunde lauthals zu Bernd, der hinter dem Verkaufspult relativ sicher stand. Oder war es der Kunde, der in Sicherheit war? Denn wer Bernd »ungut kam«, wenn er nicht gut drauf war, der konnte dabei sehr rasch einer explosiven Reaktion zum Opfer fallen. Und damals war er nicht gut drauf. Als selbiger Kunde dann noch in herablassendem Ton »der Kunde ist König« äußerte, bekam er von einem sehr aufgebrachten Verkäufer lauthals die Antwort serviert.

»Ja! Und ich bin der Kaiser (so heißt er nämlich) und dort ist die Tür!« Dabei zeigte er mit ausgestrecktem Arm auf den Ausgang und sah dem Kunden dabei zornig in die Augen. So unter dem Motto: »Ich bin ja nicht dein Kasper, und tschüss.«

Völlig baff ob dieser Darbietung machte der verdutzte Kunde auf dem Absatz kehrt und rannte, uns mit Schimpftiraden überhäufend, zur Tür hinaus. Wir standen im Halbkreis und applaudierten Bernd zu seiner Courage. Endlich hatten wir Verkäufer einmal das bessere Ende. Es dauerte nicht lange und es lag eine Anfrage aus der Zentrale zu diesem Vorfall auf dem Schreibtisch des Chefs.

Ja, ja, ab und zu hatten wir auch noch Abwechslung und nahmen den Verkaufs-alltag nicht so tierisch ernst. Doch das wurde von Tag zu Tag schwieriger.

Im Februar 2004 hatte ich einen schweren Schicksalsschlag zu verkraften. Meine geliebte Großmutter verstarb nach schwerer Krankheit. Sie war eine wichtige Person im Kreis unserer großen Familie. In ihrem Haus in Selzthal kam oft an Wochenenden die ganze Familie zusammen. Die Enkelkinder tollten dabei im Obstgarten umher, während den Erwachsenen Kaffee und selbst gebackene Mehlspeisen aufgewartet wurden. Zwischen Apfel-, Kirsch- und Zwetschkenbäumen auf sattem Grün der Wiesen war es für die Kinder ein Heidenspaß, fangen zu spielen. Im Garten hinter dem Haus wurden die wunderbaren Erdbeeren und Kürbisse geerntet. Den Duft in der Küche, wenn Oma die Schnitzel oder den Schweinsbraten zubereitete, werde ich wohl niemals vergessen. Wie auch so manches Kartenspiel, bei dem sie uns ihre Lebenserfahrungen erzählte. Auch ihre Witze waren legendär.

Sie notierte sich immer Stichworte von den Frühschoppen-Sendungen, die Sonntagvormittag im Radio liefen, den Zettel versteckte sie in der Brotlade im Tisch, an dem wir in der Küche saßen. Wenn sie beim Witze-Erzählen einmal nicht weiterwusste, öffnete sie für einen Spalt die Lade und schon mussten wir alle lachen, obwohl die Pointe noch nicht erzählt war. Auch Oma lachte dann immer herzhaft. Mit ihrer liebevollen, großmütterlichen Art hatte sie mir schon damals in manch schwieriger Situation des Lebens wieder Mut zugesprochen.

Ihre letzten Worte an Gabi und mich waren: »Haltet euch fest, seid lieb und gut zueinander, das ist das Wichtigste im Leben.« Wie konnte ich an jenem Tag im Februar ahnen, wie viel Gewicht ihre Worte bald bekommen würden. Sie verstarb am 15. Februar 2004, an einem Sonntag, dem Tag der Familie.

Am nächsten Tag, Montag, ging ich schweren Herzens und mit geröteten Augen in die Firma, um mich mit Arbeit von meiner Trauer abzulenken. Die Zentrale hatte an diesem Tag einen Regionalverkaufsleiter in unsere Filiale nach Liezen geschickt. Alle waren der Meinung, es handle sich um eine Routinekontrolle, wie es schon öfter der Fall war. Wolfgang, der Filialleiter, der als Erster mit ihm zusammentraf, kam mit leicht geröteten Augen zu mir und sagte: »Fred, du sollst in das Café im ersten Stock kommen. Er wartet dort auf dich.« Als ich in seine Augen sah, keimte in mir ein leiser Verdacht auf, dass irgendetwas kommen würde. Noch nie hatte ich Wolfgang so deprimiert gesehen. Und wir waren schon lange Arbeitskollegen. Allerdings dachte ich mir: »Was soll noch schlimmer werden als der gestrige Sonntag?« und begab mich wie gewünscht zu dem Treffpunkt im Café. Die Kündigung traf mich dann doch wie ein Blitz aus heiterem Himmel. »Es tut uns sehr leid, aber die ›Kopfzahl‹ in dieser Filiale ist zu hoch, gemessen an der Vorschreibung und dem erreichten Umsatz«, sagte der Regionale bei einem Kaffee. Ich saß äußerlich ruhig und gefasst, innerlich aufgewühlt und verletzt am Tisch. Vom Sonntag noch schwer gezeichnet, kamen jetzt auch noch diese unbändige Wut und Enttäuschung in mir hoch. Am liebsten hätte ich meinem Gegenüber ins Gesicht gespuckt, aber ich hatte mich damals, Gott sei Dank, noch unter Kontrolle. Ich war nur zornig darüber, dass ich ein Opfer eines Zahlenjongleurs geworden war, der sich einen Dreck dafür interessierte, was ich oder auch die KollegInnen in den vergangenen Jahren für die Firma geleistet hatten, all die Jahre meines Lebens, die ich für die Firma gegeben hatte. Die vielen Überstunden, die ich mit den KollegInnen ohne Abgeltung der Firma geschenkt hatte, nur um mit Einsatz und Ideen noch mehr Umsatz für »unsere« Firma zu erzielen. All das ging in diesem Moment den Bach hinunter. Doch, was mir am meisten wehtat, war die Trennung von meinen KollegInnen, meinen Freunden, meiner Zweitfamilie. So eine Kameradschaft und so einen Zusammenhalt würde es nie mehr geben. Dies war einzigartig, wie auch vonseiten einiger Kunden vereinzelt verlautbart wurde.

Ich sah diesem Regionalen so gut es ging in seine Augen und sagte: »Tun Sie, was Sie tun müssen. Gestern ist meine Großmutter gestorben, da ist mir Ihre Entscheidung über meine Zukunft an diesem Tag völlig egal. Ich habe nur eine Bitte. Ich möchte, wenn es geht, sofort nach Hause gehen.«

Der Blick des Herrn im Sakko war sehr verwirrt. Nach einer Beileidsbekundung entsprach er meinem Wunsch und bezahlte auch noch das Getränk (wie großzügig). Ich konnte damals die Tragweite dieser Entscheidung noch nicht nachvollziehen und glaubte außerdem, im falschen Film zu sein. Noch geschockt vom Vortag willigte ich in die Abfertigung mit sofortiger Wirkung ein und verabschiedete mich von meinen Freunden in der Filiale. Ich versprach ihnen aber, auch in Zukunft regelmäßig vorbeizuschauen, um zu sehen, wie es ihnen ergehen würde, und um mit ihnen zu plaudern. In der Firma herrschte damals eine Stimmung, als ob jemand von uns gestorben wäre und Tränen waren auf manchen Gesichtern zu sehen. Tränen der Trauer und des Zorns über die Art und Weise, wie diese Zerschlagung des Teams stattfand. Auch ein Kollege von mir – schon in etwas fortgeschrittenem Alter – wurde damals »entsorgt« (alt, gut, aber teuer). Im Nachhinein betrachtet war es nicht ganz so schlimm – bekamen wir doch die Abfertigung ausbezahlt, und falls ein neuer Job gefunden würde, würden wir in das System »Abfertigung Neu« fallen. Doch es verunsichert einen ungemein, wenn man fünfzehn Jahre mit denselben KollegInnen in einem tollen Betriebsklima (in der Filiale) zusammengearbeitet hat und den Umgang mit dem Arbeitsamt nicht kennt.

Die Ungewissheit und der Zweifel an sich selbst, ob man noch Arbeit finden würde und die Familie versorgen könnte, waren ein schweres Joch, das es zu tragen galt. Ich hatte natürlich Zahlungen zu leisten: eine schöne Eigentumswohnung, zwei Töchter, die in Ausbildung standen, sowie ein Auto, das abzuzahlen war. Immer nur zu Hause sitzen, weil man Cent für Cent zusammenhalten muss, war nicht das, was ich mir von meinem Leben erwartet hatte. Fünf Monate waren eine lange Zeit und ich konnte sehr viel nachdenken. Trotzdem war ich nicht in der Lage, richtig zu denken und den Beruf zu wechseln. In der Überzeugung, sonst nichts gelernt zu haben, haderte ich mit meinem Schicksal. Vom Selbstmitleid allein konnte ich aber meine Familie nicht ernähren. Also entschloss ich mich, es doch mit einer Umschulung zu versuchen. Auf dem Arbeitsamt war man nicht begeistert über meine Entscheidung. »Tut uns leid, zurzeit können wir für Ihre Altersklasse keine Umschulung genehmigen. Sie sind mit 43 Jahren noch zu jung und werden im Moment nicht gefördert«, war die kurze, aber sehr aufschlussreiche Antwort auf meine Bitte. Irgendwie war ich sogar froh, dass es trotz meiner Courage, die ich ja bewiesen hatte, nicht geklappt hatte. So konnte ich wenigstens vor Gabi treten und die Schuld an der Misere dem Arbeitsamt zuschieben. Hartnäckigkeit und Mut waren zwei Attribute, die ich nur vom Fernsehen her kannte. Also – »back to the roots« – versuchte ich so schnell wie möglich, wieder einen Job im Computerverkauf zu finden. Es war aber der Anfang vom Ende. Hätte ich eine Chance bekommen, aus dem Einzelhandel auszusteigen, wäre wohl alles anders gekommen. Damals hätte ich vermutlich noch die Kraft gehabt.

Aber »hätti, wari« ernährt niemanden, und ich musste etwas in diese Richtung unternehmen, damit es nicht zu finanziellen Problemen innerhalb meiner Familie kommen würde.

Letzte Jahre im Verkauf

Nicht dass ich nicht versucht hätte, in den Monaten nach meiner Kündigung einen Job an Land zu ziehen. Aber so einfach, wie ich mir das vorgestellt hatte, war es natürlich nicht. Als ich noch nicht arbeitslos war, stellte ich mir immer vor, sollte es einmal so weit sein, könnte ich mir die Firma aussuchen, bei der ich arbeiten wollte. Aufgrund meiner Qualifikation und meines regionalen Bekanntheitsgrades wäre es ein Leichtes, einen neuen Job zu finden. Dies wiederum erwies sich als eine neuerliche, grenzenlose Selbstüberschätzung. Nun, nach fünf Monaten und mehreren Sitzungen beim AMS am Boden der Realität angekommen, hatte sich das Blatt gewendet. Meine Hoffnungen und mein Glaube an die »guten Freunde«, die mir einen Job besorgen wollten, hatten sich in Luft aufgelöst. Ich verbrachte mehr Zeit mit Raunzen auf dem Balkon als mit konstruktiven Überlegungen zu meiner beruflichen Zukunft. Vielleicht war aber die Zeit noch nicht reif, um gravierende Änderungen in Angriff zu nehmen.

Plötzlich ergab sich ohne Vorankündigung eine tolle Chance für mich. Ein Computergeschäft in Liezen suchte einen Computerverkäufer, und nach einem kurzen Gespräch mit dem Inhaber waren wir uns einig und ein Vertrag wurde unterzeichnet. Stefan, der Chef dieses Unternehmens, ein junger, ruhiger und sehr kompetenter Mann, hatte schon ein tolles Unternehmen aufgebaut. Er führt das Geschäft sehr familiär und war ein angenehmer Gesprächspartner und Chef. Computer nach Wunsch, vorgefertigte Geräte, Notebooks, Programme und Spiele sowie jegliches Zubehör, das man für das Werken mit seinem PC braucht, waren im Sortiment der CD1 HandelsgesmbH. Service und Beratung wurden großgeschrieben. Man hatte dafür auch kompetente Kollegen vor Ort, die sich um die Probleme der Kunden kümmerten.

Ich wollte nochmals so richtig durchstarten und allen beweisen, wozu ich fähig war. Ich ergriff also die Chance, in einem kleinen, aber feinen Computergeschäft in meiner Heimatstadt zu arbeiten. Ich brauchte nicht zur Arbeit zu pendeln und konnte viel Zeit mit der Familie verbringen. Ein

Umlernen war nicht notwendig, da ich in der Branche sehr versiert war und einen guten Ruf besaß. Mit den neuen KollegInnen verband mich auf Anhieb eine freundschaftliche Beziehung und das Betriebsklima war sehr gut. Also im Prinzip war es der gewünschte Haupttreffer.

Aber tief in meinem Innersten gärte etwas. Es begann sich zu entwickeln und es war ein gefährliches Etwas, das mein Leben noch sehr beeinflussen würde.

Stefan entschloss sich, seinen Betrieb zu vergrößern und eröffnete zwei neue Filialen. Das ist natürlich für einen Unternehmer der richtige Schritt, aber anscheinend war er es nicht für mich. Durch die Vergrößerung des Unternehmens wurde naturgemäß die Arbeit mehr, wobei aber die internen Strukturen nicht so rasch mitwuchsen, um diese gezielt zu bewältigen. Die Menge der Waren, die eintrafen, nahm immer mehr zu. Überall stapelten sich volle und leere Kartons sowie das zugehörige Verpackungsmaterial. Da ich in gewisser Weise ein Ordnungsfanatiker bin, war ich bald mit der Situation überfordert und wusste nicht mehr weiter. Durch den Aufschwung, den das Unternehmen machte, wurde einiges umstrukturiert und Thomas, ein toller Lehrling, wurde als Hilfe, zur Warenübernahme abgestellt. Stefan hatte eine Hand für gutes Personal, und wenn man glaubte, es geht nichts mehr, zauberte er wieder einen vorzüglichen Mitarbeiter hervor. Was Thomas, trotz seiner Jugend (oder eben deswegen) leistete, war schon einen Applaus wert.

Als ich zur Warenübernahme und zum Verkauf nun auch noch die Betreuung der Kunden bei Notebookreparaturen dazubekam, war ich, gelinde gesagt, überfordert. Ich besaß absolut nicht die innere Ruhe und Gelassenheit, die aber in diesem Business dringend vonnöten gewesen wäre. Die Notebookhersteller fuhren zudem noch einen rigorosen Sparkurs und die Reparaturen wurden dort durchgeführt, wo es am günstigsten für sie war. So ergab es sich, dass ich von den Servicemitarbeitern der meisten Firmen – da diese irgendwo im Osten oder in Südostasien angesiedelt waren – nicht mehr verstanden wurde. Die Problematik, die dadurch entstand – die Reparaturzeiten verlängerten sich teilweise eklatant –, war den Kunden zwar bewusst, sie pochten aber trotzdem oftmals vehement auf eine raschere Abwicklung. Manche wollten partout nicht verstehen, dass ich keinen Einfluss auf die Reparaturzeiten hatte.

Ein Teufelskreis tat sich auf und mein Hass auf das Business und alles, was mit Computern zu tun hatte, wurde von Tag zu Tag größer. Zum einen kam ich bei den Neuheiten nicht mehr dazu, mich zu informieren, da bei den Kundenreparaturen sehr viel Zeit zu investieren war, um mit manchen Firmen die Dinge auf die Reihe zu bringen. Zum anderen war Stefan, der viel Zeit in die Erweiterung und in den Einkauf investieren musste, immer seltener als Ansprechpartner verfügbar, wenn ich Probleme hatte. So kam ich mir bald vor wie ein Ball im Strudel der Gezeiten. Meine Gedanken kreisten nur mehr um einen Punkt: Die ganze Welt hat sich gegen mich verschworen. Aber die Welt hatte kein Interesse an meinen Problemen. Ich war es selbst, der das zu verantworten hatte. Zu pingelig, zu wenig flexibel und mit einem Ordnungswahn ausgestattet, mit dem jeder Buchhalter seine wahre Freude hätte, steuerte ich voll auf meinen Untergang zu.

Es war geschehen

Ein eiskalter Tag, der 08. Jänner 2008, sollte eine dramatische Wende in meinem Leben bringen. Irgendwie war da schon seit Langem eine gewisse Ahnung – und doch wollte ich es mir nicht eingestehen. War ich doch immer ein Kämpfer und konnte mich bis jetzt aus allen misslichen Lagen selbst befreien. Nur jetzt ging plötzlich nichts mehr.

Mit 47 Jahren am Ende. Verloren saß ich in der Ordination meines Hausarztes. Ich starrte nachdenklich und verwirrt auf den mit Linoleum bezogenen Boden. Ich fühlte mich trotz meiner robusten Statur zerbrechlich und klein. Das blonde Haar, im Normallfall korrekt auf Mittelscheitel gekämmt, war an diesem Tag wild zerzaust und wirkte ungepflegt. Die Ringe unter meinen Augen zeugten von starkem Schlafmangel und der einen oder anderen Träne, die in letzter Zeit geflossen war. Meine Hände zitterten leicht und ich presste die Lippen krampfhaft zu einem schmalen Spalt zusammen. Kein Laut sollte mehr über meine Lippen kommen. Schweigen sollte die Antwort auf mein Versagen sein. Ich wollte so viel sagen, was mir auf dem Herzen lag, doch jedes Mal, wenn ich in letzter Zeit den Mund aufgemacht hatte, kamen nur stumpfes Gelaber, Frust und Zorn heraus. Es fehlte mir jegliche Motivation und innerer Antrieb. Ich hatte mich der Macht, die auf mich einwirkte, die mich wie ein leeres Blatt Papier hin und her warf, ergeben. An diesem Zustand war im Moment nichts mehr zu ändern. Zu lange hatte ich auf eine Wende in meinem Leben gewartet, ohne selbst etwas Konstruktives dazu beizutragen, keinen Ausweg aus der Krise suchend, die sich vor meinen Augen aufbaute, die ich aber nicht wirklich wahrnahm. Oder doch?

Ich ließ mich treiben, weil es so viel einfacher war. Die Kraft und die Energie, aufgebaut in den vielen Jahren meines Schaffens, waren weg – versiegt, verloren. Auch eine Fähigkeit, die ich zur Ausübung meiner Tätigkeit im Verkauf benötigte, war verschwunden. Die Fähigkeit zur Kommunikation. Wie bei einem Wasserfall, dem man den Zufluss versperrt, bis nur mehr vereinzelt Tropfen hinabfallen. Dieses eintönige Glucksen, wenn ein Tropfen auf Stein fällt und das Echo von den Wänden zurückgeworfen wird. Dieses monotone Geräusch war nun in mir und hatte mich im Lauf der Jahre immer mehr ausgehöhlt. Es war der Nährboden für meinen Zorn auf den Rest der Welt, der mit jedem Tag stärker in mir aufkeimte. Als hätte jemand einen Abfluss geöffnet, fühlte ich mich in diese ausweglose Situation hineingezogen. Von allen allein- und im Stich gelassen.

Am Anfang meines Niederganges hatte ich noch versucht, von der falschen Spur auf die richtige zu wechseln, mich dagegen zu stemmen, um dem unweigerlich heranbrausenden Desaster auszuweichen. Doch bald ergab ich mich dem Raunzen und Schimpfen auf Gott und die Welt und versank dabei immer mehr in Lethargie und Selbstmitleid. Die Nächte mit gleichgesinnten Kameraden und Bruder Alkohol wurden immer länger und intensiver, das Lamentieren im Laufe Zeit immer häufiger. Irgendetwas hatte begonnen, meine Seele zuzubetonieren. Die Baumeister des Untergangs hatten ihre Arbeit aufgenommen. Und sie waren sehr effektiv am Werk, vierundzwanzig Stunden am Tag. Die Kraft verließ heimlich, still und leise meinen Körper. Am Ende fehlte mir jegliche Energie, um den Verfall zu stoppen und die Krise abzuwenden. Weil ich jedem alles recht machen wollte und auch musste, blieb meine Seele auf der Strecke.

Lange, viel zu lange traute ich mich nicht, NEIN zu sagen. Vieles hatte ich in den Jahren als Verkäufer geschluckt und meiner Seele zur Aufbewahrung übergeben. Es war nicht immer leicht gewesen, die Dummheit mancher Menschen zu akzeptieren. Manchmal hätte ich schon Lust gehabt, eine härtere Gangart einzuschlagen. Es manchen Leuten so richtig hineinzusagen. Sie wegen ihrer unberechtigten Kritik an mir zu ächten und sie nicht mehr zu bedienen. Aber ... »der Kunde ist König, der Verkäufer hat dessen Meinung zu akzeptieren.«

Bis zum 08. Jänner, wo plötzlich wie aus dem Nichts Körper und Seele rebellierten. Ich wurde von einer Sekunde zur nächsten entmündigt. Alles, was in den vielen Jahren in den hintersten Winkel meiner Seele versteckt worden war, entlud sich nun, für mich und alle anderen, völlig unerwartet. Der Glaube, immer alles unter Kontrolle zu haben, wurde an diesem kalten

26

Jännertag ad absurdum geführt. Wie in einem schlechten Film, bei dem ich allein im Saal saß, wurde mir vor Augen geführt, dass ab nun jemand anderer die Regie in diesem Drama übernommen hatte.

Die Seele kotzte sich aus und niemand war mehr in der Lage, diesen Vorgang zu kontrollieren oder zu stoppen.

In der Ordination

Gerhard sah mich nachdenklich, ob meines Zustandes aber interessiert an. »Hallo Fred, wie fühlst du dich?«

Gerhard ist ein groß gewachsener Mittvierziger, der sich sehr um seine Patienten kümmert. In seiner lockeren, aber kompetenten Art hat er sich das Vertrauen der Menschen über lange Jahre hinweg aufgebaut. Er ist ein sportlicher Typ, der gerne in seiner Freizeit joggt. Als Arzt braucht man eine gute Kondition, um dem täglichen Patientenansturm standzuhalten. Und dieser war aufgrund seiner Beliebtheit nicht zu knapp. Auch wenn die Wartezeit manchmal etwas länger ausfällt, Gerhard nimmt sich für jeden Zeit. Und das wirkt sich sehr positiv auf das Patient-Arzt-Verhältnis aus.

Ich wusste nicht genau, wie ich meinen Zustand beschreiben sollte, und so polterte ich einfach darauf los. »Ich weiß nicht mehr was ich machen soll. Ich fühle mich hundeelend und halte das alles nicht mehr aus«, war meine Antwort, wobei sehr viel Zorn in meiner Stimme lag.

»Beruhige dich und erzähl mir, was vorgefallen ist«, versuchte mich Gerhard zu besänftigen. Doch es gab keine Chance mehr. Ganz im Gegenteil. Ich wurde noch emotionaler – und auch lauter.

»Mein ganzes verdammtes Leben habe ich versucht, alles richtig zu machen. Aber jetzt ist Schluss. Ich will nicht mehr. Die können mich alle mal. Ich will nicht mehr der Depp für alle sein ...«, fauchte ich unter Zuhilfenahme meiner Arme, mit denen ich in der Gegend herumfuchtelte.

»Ich mache jedes Jahr diese blöden Gesunden-Untersuchungen. Du sagst mir, dass ich super Werte für mein Alter habe, in Wirklichkeit habe ich nur mehr Schmerzen. Schmerzen in der Schulter, Schmerzen im Rücken, Schmerzen in den Knien. Ich fühle mich, als ob ein Bus über mich gefahren wäre. Ach Sch..., ich weiß auch nicht mehr, was los ist ...« Ich unterbrach meinen Ausbruch und starrte zu Boden.

Gerhard quittierte die Szene, die sich gerade vor seinen Augen abgespielt hatte, mit einem sehr erstaunten Blick. Durch seine Brille beobachtete er mich mit leicht zusammengekniffenen Augen. Er sah öfter so drein, wenn er etwas überlegte. Er kannte mich schon lange und im Grunde war ich ein ausgesprochen angenehmer und ruhiger Patient. Es hatte nie gröbere Probleme mit mir gegeben. Außer 1998, als ich und auch Gerhard von meiner Gehirnblutung völlig überrascht wurden. Ansonsten waren in meiner Krankenakte nur Standardeinträge wie: »grippaler Infekt«, »Arthrose in der rechten Schulter« sowie ab und zu »Angina« eingetragen. Auch die regelmäßigen Gesundheitschecks fielen sehr positiv aus für mein Alter. Aber irgendetwas gefiel ihm an diesem Tag nicht an mir. So hatte er seinen Patienten noch nie erlebt. Er wollte der Sache durch ein paar Fragen auf den Grund gehen, um Licht ins Dunkel zu bringen.

»Hast du Probleme am Arbeitsplatz? Oder bedrückt dich etwas privat?«, startete er noch einen Versuch, zu mir durchzudringen.

»Was für Probleme? Ich bin das Problem! Ich kann es keinem mehr recht machen. Ich will es auch keinem mehr recht machen. Jeder will immer etwas von mir. Ich soll immer für alle da sein und muss ... ach ...«, fuchtelte ich wieder herum, senkte verzweifelt den Kopf und verstummte. Wie ein Angeklagter, der sich verteidigen will und dem die Argumentation abhandengekommen ist. Es zitterte der Stuhl, auf dem ich saß, da beide Beine nervös zu wippen begannen. Die Nervosität und Anspannung waren förmlich spürbar im Ordinationsraum Nummer eins. Die emotionale Kurzerklärung eines langen Leidensweges war zu Ende. Der Gedanke an meine Zukunft und die Furcht, alles zu verlieren, ließen mich zusehends erstarren. Es fehlte jedwede Kraft, mich aufzubäumen und das Ruder zu meinen Gunsten herumzureißen.

»Ich will nur nach Hause, ich bin so müde ... bitte«, brachte ich noch leise hervor. Mein Kopf war noch immer gesenkt. Ich wollte Gerhard meine feuchten Augen nicht zeigen.

Etwas ratlos fiel sein Blick auf das Häuflein Elend, das vor ihm saß. Er hatte einen Verdacht und hoffte, dass sich seine Diagnose nicht bestätigen würde.

»Lass mich noch deinen Blutdruck messen, dann sehen wir weiter«, meinte er.

»Mein Blutdruck ist sicher auf hundertachtzig«, raunzte ich zurück und machte den Arm frei.

»Etwas erhöht ist er schon, aber kein Grund zur Besorgnis. Das ist ganz normal in deiner Situation. Du hast dich zu sehr aufgeregt. Es wird schon wieder«, versucht Gerhard positive Stimmung zu verbreiten. »Ich werde dich etwas aus dem Verkauf zurücknehmen. Du scheinst mir im Moment ein wenig überfordert. Es ist meiner Meinung nach ein Anzeichen von Burnout oder einer leichten depressiven Verstimmung bei dir vorhanden. Es kann sich aber auch um eine vorübergehende Erschöpfung handeln. Ich werde dir zwei Medikamente verschreiben und du solltest dir ein paar Tage Ruhe gönnen.«

»Was willst du mir verschreiben, Gerhard? So wie ich mich fühle, glaube ich nicht, dass da Medikamente helfen werden. Ich könnte mich im Moment nicht einmal über einen Lottosechser freuen. Aber es ist ja sowieso alles egal.«

Gerhard schenkte mir einen gütigen Blick und erklärte: »Warte ab. Nimm die beiden Medikamente ›Cipralex‹ und ›Trittico Retard‹ für eine Weile und wir werden sehen, wie es dir dann geht.«

»Was heißt für eine Weile? Wie lange glaubst du, dass es dauern wird, und was sollen diese Dinger denn bewirken?«, brach es wieder aus mir hervor.

Ruhig und versiert erklärte Gerhard, dass es sich bei »Cipralex« um ein Medikament handle, das am Serotonin-Transporter seine Wirkung entfaltet und dabei die Serotonin-Konzentration (Serotonin = Glückshormone) in der Gewebeflüssigkeit des Gehirns erhöht. Es ist ein sogenanntes Antidepressivum. Bei »Trittico Retard« handelt es sich um ein Psychopharmakum; dieses hat die Eigenschaft eines Sedativums. Es wird zur Behandlung von Depressionen mit oder ohne begleitende Angst- und Schlafstörungen eingesetzt.

Na, wer sagt´s denn. Schlafstörungen waren in letzter Zeit bei mir ja einige vorhanden.

Mir ist, wie ich schon sagte, alles egal. Du wirst schon wissen, was du machst und was gut für mich ist. Nur so kann es nicht mehr weitergehen. Ich habe Angst, dass ich noch mehr ausraste und etwas Unbeherrschtes mache. Das wäre dann noch schlimmer als die Lage, in der ich mich jetzt schon befinde", entgegnete ich, wobei meine Augen noch immer abgewandt waren und zu Boden blickten. Müde, mit traurigem, feuchtem Blick, unsicher und ängstlich saß ich in Raum Nummer eins. Ich war schon oft hier gewesen. Doch noch nie hatte ich diese Hoffnungslosigkeit verspürt, die nun Besitz von meinem Körper und meinem Gehirn ergriff. Jedes Mal beim Abschied hatten Gerhard und ich noch ein Lächeln oder einen lustigen Spruch ausgetauscht. Ganz egal, warum ich hier war. Diesmal aber nicht.

»Brigitte stellt dir das Rezept aus und wir sehen uns Anfang nächster Woche wieder. Kopf hoch. Wir werden das schon wieder hinbekommen«, waren die aufmunternden Worte, die Gerhard mir auf meinem Weg mitgab.

»Das werden ›wir‹ erst sehen, ob ›wir‹ das wieder hinbekommen«, dachte ich beim Abgang aus dem Zimmer voller Frust und auch mit einer gewissen Portion Zynismus über die Ausweglosigkeit meiner momentanen Lage. Ich musste noch durch den Aufenthaltsraum gehen, in dem einige Patienten warteten. Der Gang zur Garderobe, wo ich meine Jacke deponiert hatte, war begleitet von den Blicken der wartenden Patienten. Ich hatte ein Gefühl, als versuchten die Leute, meinen Körper mit ihren neugierigen Blicken zu sezieren. Jeder wollte einen Blick auf meine geschundene Seele werfen, um zu sehen, was dort passiert war. Die Maden der Neugier hatten sich auf den Weg gemacht und wollten in mein Innerstes vordringen, unter meiner Hülle forschen, um alle Details meiner Wut und des Schmerzes an die Öffentlichkeit zu tragen. Einiges war noch da.

Hoffnungslosigkeit, Trauer, Hass, Zorn, Wut – aber vor allem Angst! Angst vor dem, was jetzt auf mich zukommen würde. Angst vor der Zukunft. Vor meiner sowie der Zukunft meiner Familie. Die verbliebenen Gedanken rasten durch den Kopf, um Antworten auf Fragen zu finden, die sich mir stellten: über das Wie, das Was und das Warum. Irgendwo in mir mussten sie doch verborgen sein! Aber da war nichts mehr. Es waren keine Antworten mehr gespeichert. Als ob jemand mit einem riesigen Radiergummi alles Positive wegradiert hätte. So war auf der hellen/positiven Seite alles blank und leer, während sich auf der dunklen/negativen Seite die finsteren Gedanken hämisch grinsend versammelten und einen Kreis bildeten. Einen undurchdringlichen Kreis des Verderbens. Ich verließ schweigend und grußlos den Aufenthaltsraum, um mir bei Brigitte mein Rezept abzuholen. Ich war froh, die Blicke derer, die versucht hatten, meine Hülle zu durchdringen, hinter mir zu lassen.

Brigitte, eine ausgesprochen nette, seriöse und oft auch lustige Sprechstundenhilfe, ist die Ruhe in Person. Trotz des oft enormen Andrangs bewahrt sie den Überblick und ist sozusagen stets »Frau der Lage.« Fast immer lief zwischen uns ein kurzer Small Talk, bei dem manch lustige Anekdote ausgetauscht wurde. Mit ihrer positiven Ausstrahlung gibt sie vielen Patienten oft Ermutigung mit auf ihren Weg zur Genesung. Dabei blitzen ihre Augen immer wieder schelmisch hinter ihrer modischen Brille auf. Doch an diesem Tag halfen all ihre positiven Attribute nicht, um mir ein Lächeln hervorzulocken. Mein lustiges »Ich« war dem Radiergummi zum Opfer gefallen.

»Was ist los mit dir? So habe ich dich ja noch nie erlebt, du wirkst so gequält«, war ihre nett gemeinte Frage.

»Ich weiß es nicht, ich kann nicht mehr weiter. Ich halte das alles nicht mehr aus. Will nur mehr nach Hause ...«, war meine Antwort.

Und auch ihr sah ich dabei nicht direkt in die Augen. Mein Blick blieb leicht gesenkt, um nicht als Weichei dazustehen. Sie sollte die Tränen in meinen Augen nicht sehen. »Ein Mann der Tränen«, das wäre doch ein Wahnsinnstitel für einen rührseligen Film. Meine sarkastische Seite hatte also überlebt. Ich wollte in der Öffentlichkeit nicht noch schlechter dastehen, als es meiner Meinung nach ohnehin schon der Fall war. Aber was wäre noch schlechter? Gab es so etwas überhaupt? War ich nicht schon am Boden angekommen? Würde es in diesem Desaster noch eine Steigerung geben?

33

Ich verabschiedete mich leise und verschwand so schnell es ging mit meinem Rezept aus der Ordination. »Was wird sie nun von mir denken?«, flackerte es kurz in meinem gequälten Gehirn auf, dieser Gedanke war aber sofort wieder weg. Das schwarze Tuch, das sich um meine Seele und um meine Gedanken gelegt hatte, verschloss die letzten Öffnungen nach außen. Die eisige Kälte in meinem Innersten breitete sich nun immer mehr aus. Wenn ich könnte, wie ich wollte, würden meine dunklen Gedanken so manchen zu einer Skulptur aus Eis erstarren lassen. All jene, die mich jahrelang gequält hatten: mit ihren dummen Fragen, mit ihrer Unwissenheit, mit ihrer überheblichen Art, mit ihrer Gier nach Neuheiten ohne Rücksicht auf Verluste. Sie werden alle noch bekommen, was sie verdienen. So wie ich würden sie dann in den Abgrund sehen. Ohne Seil und sicheren Halt würden sie der Gefahr gegenüberstehen. Meine Gedanken wurden immer schwärzer und der Hass trat dabei in den Vordergrund.

Es war der 08. Jänner 2008, ein kalter, sonnenloser Wintertag. Grabeskälte, begleitet von einigen Nebelfetzen, zog an diesem Vormittag durch die sonst so geschäftige Stadt. Die arktische Kälte spürte man deutlich auf der Haut. Sie kroch auch durch die beste Bekleidung und wollte von allen Körperteilen der dick vermummten Menschen Besitz ergreifen. Viele von ihnen hetzten durch die Straßen der Stadt. Eine Einkaufsmetropole mit zahllosen Geschäften, in denen man alles kaufen kann aus der großen Welt des Glamours und des Kitschs. Nur keine Wärme und Geborgenheit. Es muss heutzutage alles immer schneller gehen. »Time is money«, lautete der Slogan, der mich und manch anderen ins Abseits des Lebens stellte.

Die Leute hasteten an mir vorbei, um schnell wieder nach Hause zu gelangen, zu den Menschen, die auf sie warteten. Sie wollten bei diesen unwirtlichen Bedingungen wahrscheinlich nicht mehr Zeit als nötig unterwegs sein. Sich an einem prasselnden Kaminfeuer im trauten Heim zu wärmen war ein schöner Gedanke, den sicher mancher Passant hatte.

Ich nicht.

34

Eiskalter Weg

Ich war vermutlich der einzige Fußgänger, der die Kälte nicht spürte, den eisigen Wind, der über den Pass blies. Über jenen Pass, der nördlich der Stadt lag, kam jedes Jahr im Jänner dieser polare Wind, der diese schmerzende Kälte mitbrachte. Auf meinem Weg nach Hause hatte ich früher oft geflucht und den Jänner verdammt. Damals, als ich noch von der Arbeit kam oder zu ihr ging.

Obwohl ich im Jänner geboren war, konnte ich mich nie mit dieser Kälte anfreunden. »Ich bin mehr der mediterrane Typ, der Wassertemperaturen ab 27 Grad bevorzugt«, habe ich zu meiner Frau Gabi in einem Gespräch einmal gesagt. Sie hatte damals sehr gelacht. Bald würde ich bei ihr zu Hause sein. Ihr alles erzählen – oder auch nicht. Ich hatte irgendwie Angst, es ihr und vielleicht mir selbst einzugestehen, dass ich nicht mehr weiterwusste. Dass ich nur müde war und meine Ruhe wollte. »Hallo Gabi, ich habe die Arbeit geschmissen und werde mich jetzt einmal für längere Zeit zu Hause ausruhen«, wäre ein Spruch, der in die Geschichte eingehen würde. Aber meine Frau war mir zu wertvoll, als dass ich ihr in so einer Situation meinen Sarkasmus an den Kopf werfen würde. Die Uneinigkeit mit mir selbst, das »Wie« und das »Was« sowie das »Warum« ließen mich erschauern. Ich versuchte auf dem Heimweg, einen klaren Gedanken zu fassen, um meinen Lieben zu Hause die Situation zu erklären. Aber es kam keiner. Je mehr ich versuchte nachzudenken, desto größer wurde der Schmerz in meinem Kopf.

Und wenn dieser Schmerz kam, war sie wieder da, meine Angst. Die Angst, die tief in mir wohnte. Die immer dann ihr breitestes Grinsen aufsetzte, wenn ich mich über irgendetwas aufregte, und das war in letzter Zeit häufig der Fall. Die Angst, die den Schmerz im Kopf ansteigen lässt, der dann langsam über die Rückseite meines Schädels hochkriecht. Die Angst, die den Druck in meinen Ohren so ansteigen lässt, bis das metallische Surren eindeutig zu vernehmen ist. Die Angst, die sich seit 1998 tief in mir verbirgt und ein Teil meines Lebens wurde. Jene Angst, einer Gehirnblutung zum Opfer zu fallen und kein Glück mehr wie beim letzten Mal zu haben, war seit damals allgegenwärtig. Sie wurde stärker, je älter ich wurde und mit jedem Kopfschmerz, der mich befiel. Erschwerend in meiner Denkweise kam noch hinzu, dass meine Tante, eine liebevolle Mutter und Ehefrau, in jungen Jahren durch eine Gehirnblutung gestorben war. Dasselbe Schicksal wiederholte sich bei meinem Vater, der allerdings, Gott sei Dank, mit dem Leben davongekommen war. Das Dramatische dabei, wie ich am eigenen Körper leidvoll erfahren musste, ist dieses momentane Eintreten des Blackouts. Einerseits wäre es der Tod, den ich mir einmal wünschen würde –, da man absolut nichts spürt und es einem in Sekundenbruchteilen schwarz vor den Augen wird – andererseits brauchte mich meine Familie noch. Darum war der Gedanke an das Eintreten dieses Ereignisses mit großer Angst verbunden, und der verdammte Stress, dem ich fast täglich ausgesetzt war, trug sein Bestes dazu bei, das niemals zu vergessen. Aus leidvoller Erfahrung weiß ich, dass eine Gehirnblutung mit starken Kopfschmerzen einhergeht, die sich von normal bis beinhart steigern. Wobei beinhart bedeuten würde: Ein Gefühl zu haben, als ob einem der Schädel ohne Narkose geöffnet würde, um nachzusehen, wo das Problem lag. Kopfschmerzen hat man öfter, nur wann waren es normale und wann wurden sie gefährlich?

Meine Gedanken wurden immer düsterer, während die Kälte mich umarmte und einhüllte. An jenem Tag war diese eisige Kälte aber ein Teil von mir. Vielleicht war das auch der Grund, dass ich sie ignorierte, sie mir nicht so stechend und schmerzvoll vorkam wie an normalen Tagen. Schritt für Schritt der unvermeidlichen Aussprache näher kommend, ging ich wie ferngesteuert meinen Weg. Wie hatte es so weit kommen können? Warum ICH?

Wie würde meine Familie damit klarkommen, wie mein Chef, wie meine Kollegen, meine Freunde und Bekannten? Wie sollte ich damit klarkommen? Wie sollte ich den richtigen Weg wieder finden, ohne jemanden dabei zu verletzen? Tausende Fragen, wie ich es Gabi, den Kindern und allen anderen erklären könnte, rasten durch mein Gehirn. »Ich weiß es nicht«, war das Einzige, was dabei herauskam. Wenn man sich ein Bein bricht und einen Gips bekommt, sieht jeder, was man hat. Sollte man sich schneiden, bekommt man einen Verband und wiederum ist für jeden die Verletzung sichtbar. Auch die Heilungsdauer ist absehbar. Aber bei Burnout?

Dieses Phänomen Burnout, das so viele Menschen in letzter Zeit trifft, war für mich kein Neuland. Ich dachte an eine langjährige Arbeitskollegin, die erst vor Kurzem aus meiner Firma ausgeschieden war. Viele Jahre hatten wir zuvor schon in einigen Firmen zusammengearbeitet. Sie war immer ein lebensfroher Mensch gewesen. Für jeden Spaß zu haben und eine tolle Kollegin. Doch von einem Tag auf den anderen: aus – schwere Depressionen/Burnout. Als ich es damals erfuhr, fiel ich aus allen Wolken. »Ich würde nicht mehr mitmachen bei dieser Menschenvernichtung«, kam es zornig in mir hoch. Menschen auszubeuten, nur um des Profites willen, war nicht mehr mein Ding. Die Gier, wie sie auch ich einst verspürt hatte, nach Geld und Ruhm, nach allem, was neu war, war erloschen, ausgeknipst, egal.

Was mir allerdings nicht egal war, waren meine beiden Töchter. Wie würden sie reagieren auf etwas, das sie nicht sahen, das ich selbst nicht genau erklären konnte?

Tanja, unsere ältere Tochter, absolvierte gerade eine Ausbildung am Landeskrankenhaus Graz zur Diplomkrankenschwester. Sie ist ein Energiebündel und beim Erzählen oft sehr emotional. Ihre kurzen, dunkelbraun gefärbten Haare wippen dabei immer leicht hin und her. Nach einer anstrengenden Woche in Graz liebt sie es aber auch, einfach nur einmal vor dem Fernsehschirm zu relaxen. Ist sie gut aufgelegt, kann sie einen mit ihrem Charme verzaubern, sollte es nicht so sein, war es besser, ihr aus dem Weg zu gehen. Aber wenn sie lacht, bilden sich niedliche Grübchen auf ihren Wangen. In letzter Zeit war das häufiger der Fall. Wird wahrscheinlich mit ihrem Freund Christoph zu tun haben. Ihre tiefblauen Augen strahlen immer besonders, wenn sie von ihm erzählt.

Kerstin, unsere Jüngere, ist mit ihren achtzehn Jahren mehr der praktische Part der beiden Schwestern. Im Gegensatz zu Tanja, die die Matura abgeschlossen hatte, stand bei ihr nicht unbedingt der Wunsch nach einer schulischen Karriere im Vordergrund. Sie wollte lieber in das Berufsleben eintreten, um Bares zu machen, mit dem sie sich ihre Wünsche erfüllen könnte: Auto, Wohnung und nach der Lehre tschüss, Hotel Mama! Wenngleich sie dabei ein wenig mehr Unterstützung bei den bürokratischen Dingen des Lebens benötigt, sie wächst aber mit der Aufgabe. Auch Kerstin hat dunkel gefärbte (die Farbe ändert sich öfters) Haare und die gleichen schönen azurblauen Augen wie ihre Schwester. Mode und Musik sind ihr sehr wichtig. Sie ist ein sehr liebenswerter Mensch, mit einem offenen Ohr für die Probleme anderer. Auch ausgestattet mit einem wunderbaren Lächeln und, wenn sie will, mit sehr viel Humor.

Wie würden meine beiden Töchter auf diese Situation reagieren? Wie würden sie damit umgehen?

Ein Auto, das an mir vorbeifuhr, machte einen Höllenlärm. Der Auspuff war vermutlich gebrochen. Es zog eine Rauchfahne hinter sich her, die aber auch von der eisigen Kälte stammen konnte. Ich hatte die Abzweigung zu unserer Siedlung erreicht. Ein kurzer Anstieg noch, den Bach entlang, unter einer Brücke durch und ich war zu Hause. Der kleine Wasserfall, an dem ich vorbeikam, war völlig zugefroren. Leise gurgelte darunter das Wasser und suchte sich seinen Weg talwärts. Irgendwie war es schön anzuschauen und ich verweilte einen Augenblick. »So musste es auch in meinem Inneren aussehen«, dachte ich mir. Eine Schicht Eis, die meine Seele bedeckt, darunter irgendwo mein Leben, das so vor sich hingurgelte. Abgeschirmt von der Außenwelt, keine Chance zu entweichen. Keine Möglichkeit, nach außen zu fließen, um etwas zum Blühen zu bringen und der Kälte Einhalt zu gebieten.

»Nach jedem Winter kommt der Frühling«, sagt man. Nur konnte ich mir das im Moment überhaupt nicht vorstellen. Ich konnte und wollte mir gar nichts mehr vorstellen. Und zu diesem Zeitpunkt schon gar nichts Schönes.

38

Die Beichte

Es war kurz vor Mittag, als ich meinen Schlüssel ins Schloss an der Eingangstür unserer Wohnung steckte und umdrehte. Die braune, stabile, mahagonifärbige Wohnungstür kam mir noch dunkler vor, als sie es ohnehin war. Hinter mir versperrte ich die Türe, so wie ich es immer tat, und trat in den Vorraum. Aus der Küche drang leise Musik an mein Ohr und das Klappern von Geschirr war zu vernehmen. Ich setzte mich im Vorraum auf die Bank, um mir meine Schuhe auszuziehen. Als ich so dasaß, stieg wieder diese Hoffnungslosigkeit aus meinem Inneren empor. Ich legte den Kopf zwischen meine Hände, die ich auf den Knien aufgestützt hatte, um nachzudenken. In dieser gebückten Haltung verharrte ich eine Weile und ließ noch einmal den Film ablaufen, der sich gerade in der letzten Stunde vor meinen Augen abgespielt hatte. Eine furchtbare Anspannung lähmte meinen ganzen Körper und ich wollte einfach nur hier sitzen bleiben und an nichts mehr denken. Wenn nur diese Kopfschmerzen aufhören würden. Die leise Musik aus der Küche wurde lauter und plötzlich stand Gabi im Flur und sah erstaunt auf mich herab. Es war irgendwie eine Situation, die komisch aussah. Im Normalfall war es nämlich umgekehrt, da ich gut einen Kopf größer bin als Gabi und sie zu mir aufsieht. Und doch spiegelte die Szene die ganze Tragweite des heutigen Tages wider. Ein Häuflein leeres, gebrochenes Elend »Mann« saß nun vor ihr auf der Bank. Kein Mann mehr, zu dem man aufsehen konnte.

Sie bückte sich zu mir herab und hauchte liebevoll einen Kuss auf meine kalten Lippen. »Hallo, mein Schatz, was ist los mit dir? Was machst du schon zu Hause? War in der Firma nichts los?«

Sie sah mich neugierig an und wartete gespannt auf meine Antworten. Ich blies hörbar den Atem durch die Nase aus und erhob mich. Unsicher und verwirrt stand ich vor ihr und hatte keine Ahnung, wie diese Situation schonend zu erklären war. Ich hatte ja nur diese Leere und Müdigkeit in mir. Und wie bitte soll man eine »Leere« denn erklären? Einem Menschen, den man liebt, für den man alles geben würde. Dass man keine Kraft mehr hat.

39

Kein Interesse an irgendetwas oder irgendjemandem. Es würden Gegenfragen kommen, die ich beantworten müsste, und auf die ich vermutlich keine Antworten hatte. Sie würde versuchen, mich zu motivieren, wie Gerhard es versucht hatte. Aber es würde auch bei ihr nicht funktionieren, weil mir alles egal war. Ich war in einer Spirale der Selbstaufgabe und des Selbstmitleids gefangen. Der Hass auf mich und auf die Zeit, die ich unnütz vergehen ließ, anstatt mich zu verändern, wurden immer größer. Verzweifelt suchte ich einen Schuldigen für meine Misere, um die Last von meinen Schultern zu nehmen. Doch es war zu spät. Diesmal konnte ich mich nicht mehr befreien oder jemandem die Schuld zuweisen. Und vielleicht war auch das der Grund dafür, dass ich mich aufgegeben hatte.

»Lass uns in die Küche gehen, es wird etwas dauern, dir alles zu erklären«, sagte ich zu ihr und der gequälte Ausdruck in meinem Gesicht war nicht zu verbergen.

»Hast du Schmerzen? Warum schaust du so?«, fragte sie noch nach auf dem Weg zur Küche.

Die Küche ist der Raum in unserer Wohnung, wo alles Wichtige, was die Familie betrifft, stattfindet. Essen, Familienbesprechungen, Feiern mit Verwandten und Freunden, kurzum unsere Zentrale. Man sieht beim Eintreten den Arbeitsplatz der Hausfrau, aufgeräumt und geordnet. An unserem großen, ovalen Küchentisch befand sich mein Platz an der Stirnseite. Hier hatte ich schon viele Entscheidungen, die Familie betreffend, zusammen mit Gabi getroffen. Gabi nahm auf ihrem Stuhl Platz. Traurig und abwesend blickte ich auf die »Wand der Erinnerungen« wie ich sie nannte. An dieser Wand, die sich gegenüber von meinem Platz befindet, hängen nämlich viele Fotos unserer beiden Mädchen, die im Lauf der Jahre gemacht worden waren.

Gabi wartete sehnsüchtig auf meine Erklärung. Irgendwie ist sie ein ungeduldiger Mensch. Klein von Statur, mit zierlichem Körperbau, sieht man ihr die Energie, welche in ihr ruht, nicht auf den ersten Blick an. Doch wehe, wenn sie losgelassen. Aus ihrem schmalen, sommersprossigen Gesicht blitzen zwei katzenhaft grüne Augen hervor, mit denen sie alles wahrnimmt. Sie hatte, als wir uns kennenlernten, langes, braunes, wallendes Haar, das ih-

40

ren halben Rücken bedeckte. Ich hatte mich seinerzeit, vor fünfundzwanzig Jahren, auch ein wenig in ihre Mähne verknallt. Nun ist es ihr aber wichtiger, weniger Aufwand mit der Pflege ihrer Haare zu treiben. Nur weiß darf es nicht sein. Sobald sie ein weißes Haar entdeckt, wird gefärbt. Ansonsten ist sie eher der naturbelassene Typ ohne »Gepuder« und »Geschminke«, weil sich ihr Mann das so wünscht.

Sie hat einen Job als Reinigungskraft, den sie seit sechs Jahren ausübt. Seit ihrer Hüftoperation im Februar 2007 musste sie sportlich einige Einschränkungen hinnehmen, aber Radfahren und Wandern zählen nach wie vor zu ihren Lieblingshobbys. So manche Radtour wurde nach diesem radikalen Eingriff, den sie tapfer ertragen hatte, schon absolviert. Auch Gipfelsiege waren schon wieder in »Gabis und Fredis Wandertagebuch« verzeichnet. Sie ist sehr zäh und ausdauernd, wenn es darum geht, ihre Ziele zu erreichen. Ihre schwerste Zeit hatte sie nach der OP, als sie sich in Geduld üben musste. Zu Hause und bei der Reha in Gröbming ist ihr alles zu langsam vorangegangen. In diesen Tagen merkt man ihr kaum noch etwas davon an, was sie alles durchlitten hat. Nur ab und zu abends, wenn sie vor dem Fernseher liegt und sich von ihrem Tagwerk erholt, sehe ich den Schmerz in ihren Augen. Den Schmerz, den sie gerne verbannt hätte aus ihrem Leben.

Nun saß sie da – zarte Hände, kleine Finger. Die Stupsnase juckte. Sie strich darüber. Es ist ihre Art von Erwartungshaltung.

»Was ist nun mit dir? Sag doch endlich was. Ich will wissen, was los ist. Macht es dir Spaß mich so hinzuhalten?«

»Nein, es macht keinen Spaß und wir werden auch keinen Spaß mehr haben in nächster Zeit«, erklärte ich ihr mit gesenktem Haupt und leiser Stimme. Die Schmerzen waren wieder da – in den Knien, im Rücken, im Kopf. Unerträglich, den perfekten Werten bei der Gesundheitsuntersuchung zum Trotz. Ich sagte es ihr. Ich sagte ihr auch, was geschehen war, dass ich in der Firma ausgezuckt war, einen Kunden angebrüllt hatte, einen sehr guten Kunden, einen, der viel für die Schulen kauft, einen Lehrer unserer Kinder. Der Lehrer wollte doch nur den Chef sprechen, ich sprach von einem Termin, den er dazu benötigte. Natürlich absoluter Blödsinn. Ich meldete mich ab und ging zum Arzt. Verdacht auf Burnout, meinte dieser, alle Anzeichen sprächen dafür.

Sie starrte mich an. »Wieso hast du das gemacht?« – »Keine Ahnung. Ich bin in die Höhe gegangen wie eine Tretmine, ansatzlos, war dann bei Gerhard, Burnout, meinte der.«

Nun saß ich da, verzweifelt, weinend, mit meiner Sensibilität und dem weichen Herzen den Umständen nicht gewachsen. Wenigstens waren die Kinder nicht da, erlebten meinen Zusammenbruch nicht unmittelbar mit. Gabi kannte mich, wusste, wie ihr Mann tickte, aber was hier an diesem Tag abging, ließ auch sie erschauern. Mit roten, geschwollenen Augen sah ich meine Frau an: »Ich weiß nicht mehr weiter, ich kann nicht mehr.«

Die gleichen Sätze, die ich an diesem Tag schon so oft gesagt und gedacht hatte, kamen nun wieder über meine feuchten Lippen.

Gabi sah mich traurig an und antwortete: »Aber ich weiß es. Du gehst jetzt erstmal ins Bett und ruhst dich aus. Danach werden wir uns zusammensetzen und überlegen, wie wir das schaffen.«

Ihre ruhigen, bedachten Worte waren wie Balsam für meine geschundenen Ohren, in denen das metallische Surren mittlerweile in ein Dröhnen übergegangen war, wie bei einem Flugzeugstart. Sollte sich alles noch zum Guten wenden? Müde und schwach, mit einem künstlichen Lächeln im Gesicht, schlich ich ins Schlafzimmer. Dort fiel ich trotz der Mittagszeit sofort in einen tiefen Schlaf, der aber von schlechten Träumen begleitet wurde.

Erwachen

Nachdem ich, gequält von Albträumen, nach circa drei Stunden schweißgebadet erwachte, fand ich mich im Bett wieder. Ich sah auf den Wecker und es war später Nachmittag. War an diesem Tag mein freier Tag? War das alles nur ein Traum gewesen? Ich hatte schon öfters Albträume in Bezug auf meine Arbeit, aber dieser war verdammt real gewesen. Der Nebel hüllte den Wiesenhang und den Wald, der sonst vom Schlafzimmerfenster aus zu sehen war, komplett ein. Wie ein Mantel, der sich über die Natur ausbreitet und sie zur Ruhe bettet. Ich dachte angestrengt nach, was los gewesen war. Plötzlich war alles wieder da und wie eine Pistolenkugel, die mit unverminderter Geschwindigkeit auf einen zurast, war es die Realität, die auf mich zugeflogen kam. Keine Chance auszuweichen, mich zu verstecken, dem Unvermeidlichen ein Schnippchen zu schlagen, so zu tun, als sei nichts passiert.

Nein, keine Chance.

»Mach die Augen zu«, sagte eine Stimme aus meinem Inneren. »Mach sie zu und tu so, als wärs´t du nicht da. Schlaf und warte, ob es beim nächsten Erwachen anders kommt. Bleib in deinem Bett und sprich mit niemandem, dann kann dir keiner was Böses sagen oder tun. Wenn du lange genug in deinem warmen, weichen Bett bleibst, wird sich alles wieder zum Besseren wenden. Geh allem, was dich belastet, aus dem Weg. Schalte das Telefon aus und sei für niemanden erreichbar.

Vielleicht glauben die Leute, du bist nicht mehr da ..., du bist ... ›tot‹«,

war aus einer Ecke meiner Seele zu vernehmen. Aus der Ecke, in der sich die dunklen Gedanken zu einer schwarzen Messe versammelt hatten. Von wo aus sie mein Leben zerstören wollten und schon begonnen hatten, ihren Triumph zu feiern. Der Schmerz im Kopf, wenn ich mich zu konzentrieren versuchte, war wieder da. Das metallische Surren in meinen Ohren, wenn es ruhig war, wurde wieder zu einem Rauschen. Dieses Pochen an der Stirn, wenn das Blut, das mich durchströmte, vorbeifloss. Ja, das Blut, der Lebenssaft, der mich antrieb und erst fähig machte, mein Leben zu leben. Dieses fließende, pochende Blut war das Erste, das mich zu einem positiven Gedanken ermunterte. Dieses Blut wollte mir beistehen auf dem Weg durch die größte Krise in meinem noch jungen Leben.

»Es lohnt sich zu kämpfen«, wurde mir plötzlich suggeriert. »All die schönen Stunden, die noch vor dir liegen. All die Dinge, die du noch sehen wirst. Die Reisen in andere Länder, Urlaube, Zusammenkünfte mit Freunden. Musik, die du noch hören wirst, Bücher, die du lesen wirst. Die Schönheit der Natur, Blumen werden blühen und dich auf deinem Weg begleiten. So viele wunderbare Möglichkeiten, die du dir nur im Moment nicht vorstellen kannst. Und deine Familie, für die du der wichtigste Mensch in ihrem Leben bist. Für jeden einzelnen Tag, den du mit denen, die dich lieben, verbringen darfst, wirst du dankbar sein.

Auch wenn du es jetzt nicht verstehst.

Zu viel Hass, Wut, zu viel Traurigkeit und Verletzlichkeit, zu viel Angst und Unwissenheit und zu viel Müdigkeit sind in dir. Zu viel Sorge um deine Zukunft ist es, die dich im Moment erfüllt. Aber ich, dein Blut, das dich am Leben hält, ich fließe in deinen Adern und werde mit dir diesen Weg gehen, wenn du es willst. Gemeinsam können wir die Krise bewältigen und einen Ausweg finden.

Auch wenn du es jetzt nicht verstehst.

Du bist es, der seinem Leben eine Wende geben kann. Du allein hast dein Schicksal in der Hand. Du kannst deine Sterne neu ordnen. Du kannst deine Art, Dinge zu sehen, ändern. Nichts ist so, wie es scheint. Wenn sich eine Türe schließt, geht eine andere wieder auf. Es liegt an dir, etwas Neues zu versuchen.

Auch wenn du es jetzt nicht verstehst.

Es wird der Tag kommen, wo du mir für all das dankbar sein wirst. Für all die schönen Sekunden, Minuten, Stunden, die du von mir erhalten wirst. Für all die Abenteuer, die wir gemeinsam noch erleben werden. Für all die Liebe, die dir noch geschenkt wird, von denen, die dich lieben.

Auch wenn du es jetzt nicht verstehst.

Du wirst mich aber auch verfluchen für die vielen dunklen Tage, die du mit mir verbringen wirst. Für die Schmerzen, die dir die dunkle Seite deiner Seele zufügen wird, in so mancher einsamen Stunde. Für die quälenden Fragen, wenn du nicht mehr weiterweißt, und du nie genau wissen wirst, wo du gerade gehst auf deinem Weg.

Doch wenn du stark bleibst und auf mich, dein Blut hörst, das dich am Leben hält, wenn du es spürst, wie wieder Leben durch deine Adern rauscht, dann wirst du bemerken, fühlen und sehen, dass trotz dieser Dunkelheit, die dich im Moment umgibt, ein Funken in dir ist, der durch deinen Mut und deine Stärke wieder zu einer Flamme werden kann.

Wenn du bereit bist, mit mir diesen steinigen Weg zu gehen, ... dann und nur dann ...

... wirst du es eines Tages verstehen!«

Müde und mit schweren Beinen erhob ich mich aus dem Bett, um zu sehen, ob Gabi zu Hause war. Sie saß in der Küche und ein Lächeln huschte über ihr Gesicht, als ich eintrat.

»Na, mein Schatz, fühlst du dich jetzt besser? Hast du Hunger? Du hast ja noch nichts zu Mittag gegessen.«

In meinem Schlaf-Outfit, Boxershorts und T-Shirt, stand ich verloren in der Tür und war froh, meine Frau zu sehen. Das Gefühl in meinem Magen konnte ich nicht einschätzen. Kam dieses Ziehen von der Ungewissheit über die Zukunft oder war es ein Hungergefühl? Egal, es war ja alles egal, ich versuchte es mit Essen. Hilft es nicht, schadet es auch nicht.

»Schau mich an, Schatz. Sieht so einer aus, der sich gut fühlt?«, fragte ich, breitete meine Arme aus und deutete danach auf die Augen, die vom Weinen noch geschwollen und gerötet waren.

»Das wird vergehen«, entgegnete Gabi, »iss erst mal was. Du wirst sehen, es wird dich aufrichten. Ich habe dir extra eine kräftige Suppe gekocht.«

»Sie hat nicht unrecht«, dachte ich und setzte mich an meinen Platz. Oft hatte mich Gabis kräftige Suppe schon wieder aufgerichtet. Mir sozusagen neues Leben eingehaucht. Meistens war das aber nach einem meiner Zechgelage. Ob es aber diesmal auch helfen würde? Egal, einen Versuch war es wert, und ich hatte das Gefühl in meinem Bauch nun auch schon mehr als Hunger eingeordnet.

»Hast du nicht gut geschlafen? Ich war einmal im Schlafzimmer und wollte schauen, wie es dir geht, da hast du dich nur herumgewälzt und gestöhnt dabei. Hast du schlecht geträumt?«

»Es war ein Albtraum. Ich habe alle gesehen, mit denen ich im Lauf der Jahre zusammengearbeitet habe, und sie standen hinter mir und grinsten und lachten. Ich stand am Gipfel eines Berges ganz knapp am Abgrund. Sie haben gelacht und mich angespornt zu springen. Mir ist ganz übel geworden, du weißt ja, wegen meiner Höhenangst. Sie haben eine Reihe gebildet und sind auf mich zugegangen. Ich habe sie gefragt, nein angeschrien: ›Was hab ich euch nur getan?‹, aber sie haben mich alle nur aus ihren rot glühenden Augen angestarrt und sind weiter auf mich zugekommen. Kurz bevor sie ganz nah bei mir waren, veränderten sich ihre Gesichter zu hässlichen Fratzen mit langen Zähnen. Zombiegleich, mit krallenartigen Händen langten sie nach mir, zeigten ihr wahres Gesicht. Es waren all die Kunden, die mich über die Jahre geärgert und gequält hatten. Die mich für ihre Fehler, die sie am Computer fabriziert hatten, verantwortlich machen wollten. Die mich angebrüllt hatten, für Fehler beim Service, die andere gemacht hatten. Die meist nicht verstanden haben, wenn ich ihnen zu erklären versuchte, dass ich für das Problem nicht verantwortlich sei. Ich bewegte mich auf den Abgrund zu, war schon ganz nah dran, da wachte ich auf.«

46

»Jetzt ist mir auch klar, warum du so verschwitzt bist. Geh dich schnell duschen, damit du dich nicht verkühlst, und ich mache dir inzwischen die Suppe warm.«

Sie gab mir einen Kuss, und ich ging ins Badezimmer. Als ich unter der Dusche stand, kam mir plötzlich eine Idee. Ich wollte die Tage, die nun auf mich zukommen würden, mitschreiben. Gute und schlechte Tage in einem Tagebuch niederschreiben, um später zu sehen, wie ich mich entwickelt hatte. Welche Aktionen mich weitergebracht und welche mich aufgeregt hatten. Welche Gefühle ich in welcher Situation hatte. Im Verlauf dieses Burnouts würden sicher einige Einträge zu machen sein, außerdem könnte mir das Schreiben ein wenig Trost und Hilfe spenden, während Gabi bei der Arbeit war und ich alleine zu Hause saß. Und außerdem, vielleicht könnten in weiterer Folge andere Menschen von meinen Erzählungen und Begegnungen, von meinen Gedanken und Emotionen profitieren oder zumindest Außenstehende ein wenig besser verstehen, was ein Betroffener fühlt.

Mein Tagebuch 2008

09.01. – Der Tag danach

Ich hatte fast nicht geschlafen. Stundenweise sah ich auf den Wecker, der am Kopfende unseres Bettes stand. Nervös, keinen klaren Gedanken fassend, wälzte ich mich die halbe Nacht im Bett hin und her. Die Beine bleiern und schwer, der Rücken schmerzte furchtbar. Mir kam es vor, als wäre ich auf grobem Schotter gelegen, ohne schützende Unterlage. Die Augenlider waren geschwollen von der einen oder anderen Träne, die ich in der Nacht in meinen Polster gedrückt hatte. »Such dir etwas Positives«, sagte etwas in mir, immer wieder. Ich war verzweifelt und Tränen standen mir in den Augen. Plötzlich dachte ich an die Tablette von gestern Abend, die ich eingenommen hatte, und welche Nebenwirkungen laut Beipacktext möglich gewesen wären. Aber welch Freude, mein Mageninhalt blieb dort, wo er hingehörte. Da war er wieder, mein Sarkasmus, der mir meine Sorgen nahm und mir durchs Leben half. Nicht gut – so zu denken.

Es war mittlerweile kurz nach sechs Uhr morgens und ich wollte noch nicht aufstehen. Im Bett war es schön warm. »Wenn ich liegen bleibe, fallen mir irgendwann die Augen zu und ich schlafe weiter«, dachte ich. Doch es funktionierte nicht so, wie ich mir das vorstellte. Da waren diese verdammten Rückenschmerzen, die mich aus dem Bett trieben. Kerstin war auch schon wach. Sie musste zur Arbeit. Nun kamen wieder diese dunklen Gedanken hoch, in denen ich mich als Versager sah, ich schämte mich zutiefst. Als Vater sollte man seinen Kindern, in allem, was man macht, Vorbild sein, und ich saß im Trainingsanzug am Frühstückstisch, während der Rest der Familie einer Beschäftigung nachging. Doch wusste ich auch, dass sie mir beistehen würden bei meiner Aufgabe, wieder auf den richtigen Weg zu finden. Ich machte Gabi – sie hatte an jenem Tag frei – und mir einen Kaffee und schmierte uns ein paar Brote. Beim Frühstück sitzend sah ich kurz in die Zeitung und hörte nicht zu, als Gabi mir etwas erzählen wollte. Worauf sie zu mir sagte: »Schatz, gib mir bitte die Zeitung von gestern, dann hast du deine Ruhe.« Ich war geistig völlig abwesend und machte schon wieder einen Fehler. »Ist es nicht wichtiger zuzuhören, wenn einem die Frau, die man liebt, etwas erzählen möchte, als in der Zeitung zu lesen, wofür ich auch später Zeit hätte?«, dachte ich mir. Ich werde ab diesem Tag einige Gewohnheiten ändern, das habe ich mir als Erstes vorgenommen.

Nun stand eine erneute Tablettenherausforderung auf dem Programm. Cipralex warteten auf mich. Der Beipacktext verhieß wahrlich nichts Gutes, doch mein Arzt hatte mir das Medikament verschrieben. Ich nahm es ein und wartete auf etwaige Reaktionen. Ich bin immer noch der festen Überzeugung, dass es Gerhard gut mit mir meinte. Vorerst traten keine Nebenwirkungen auf.

Nach der Morgentoilette machte ich ein paar Dehnungsübungen. Ich hatte mir auch vorgenommen, etwas mehr Sport zu betreiben. Mein täglicher Ausgang, der mir von Gerhard genehmigt worden war, war von acht bis zwölf und von vierzehn bis achtzehn Uhr. Gabi und ich fuhren kurz in die Stadt, um eine Lampe für den Elektroherd zu kaufen. In einem Baumarkt am Stadtrand wurden wir fündig, doch plötzlich sah ich eine gute Bekannte von mir auf uns zukommen. Sie hatte uns noch nicht erblickt. Ich versteckte mich in einem Winkel hinter den Regalen, sodass sie mich nicht sehen konnte. Als die Gefahr, gesehen zu werden, vorbei war, sagte Gabi zu mir: »Du benimmst dich wie ein kleines Kind. Du hast diese Krankheit und brauchst dich dafür nicht zu schämen. Du hast es so schon schwer genug. Wenn du dich jetzt auch noch dauernd verstecken musst, wenn du jemanden Bekannten siehst, wird es noch schwerer. Steh zu dir und zu dieser Krankheit.«

Sie hatte recht in ihrer offenen und ehrlichen Art. Ich hingegen wusste nicht genau, warum ich mich verstecken wollte. Es war nur so ein Gefühl, das ich spontan umgesetzt hatte, ein Schutzmechanismus, um nicht im Falle eines Kontaktes Rede und Antwort stehen zu müssen. Es hatte sich sicher schon herumgesprochen, was mit mir los war.

Nachdem wir wieder zu Hause waren, setzte ich mich an den Computer, um meine Gedanken zu Bits und Bytes zu verarbeiten. Bis zu diesem Zeitpunkt verspürte ich durch die Tablette am Morgen keine Beeinträchtigung. Das freute mich sehr. Weniger erbaut war ich über die Leere in meinem Kopf. Ich konnte mir nicht vorstellen, wie es mit mir weitergehen sollte. Zu Hause fühlte ich mich sicher und geborgen. Konnte jederzeit, wenn ich mich nicht wohlfühlen sollte, ins Bett gehen und abschalten.

Gabi rief mich zum Mittagessen und wir besprachen den Nachmittagsablauf. Wir beschlossen, eine kleine Waldrunde zu gehen. Ich wollte erst nicht, da es mir nicht ganz geheuer vorkam. Meine Kollegen arbeiteten in der Firma und ich ging im Wald spazieren. Doch Gabi ließ nicht locker: »Du sollst dich an der frischen Luft bewegen, das wird dir helfen, auf andere Gedanken zu kommen.« Es wurde ein sehr schöner Spaziergang. Nur konnte ich meine Gedanken nicht ordnen, da es im Wald sehr eisig war und wir uns auf den Weg konzentrieren mussten. Die ersten Vögel im Wald zwitscherten, als ob der Frühling schon vor der Tür stünde. Das stimmte mich positiv und vertrieb etwas meine Melancholie und die dunklen Gedanken über meine Zukunftsaussichten. Ohne gröberen Unfall schafften wir es, unser Heim wieder zu erreichen. Es gab zur Stärkung eine deftige Brettljause und Tee. Wir unterhielten uns zwar nur über belanglose Themen, aber wir sprachen miteinander. Das war in letzter Zeit nicht oft so gewesen. Meine Rückenschmerzen hatten wieder etwas zugenommen. Ich würde nun meine Tablette für den Abend einnehmen und mich auf unsere Magnetfeldmatte legen. Dieses zusätzliche therapeutische Element, hoffte ich, würde sich positiv auswirken. Es hatte schon Gabi bei ihrer Rehabilitation nach der Hüftoperation sehr geholfen.

10.01. – Jobgedanken

Die Nacht war etwas besser als die vorige, aber trotzdem wurde ich um zwei Uhr morgens nach einem Albtraum wach. Ich dachte sofort wieder an die Firma und wie es wohl weitergehen würde. Mir fiel das erneute Einschlafen sehr schwer. Ich kam mir schäbig vor, da ich wusste, es würde für meine KollegInnen und meinen Chef nicht leichter, falls ich den Job wechseln sollte. Er war in Aufbruchsstimmung und ich wollte das Boot verlassen, das mich vor vier Jahren gerettet hatte. Auch die KollegInnen sind alles tolle Menschen, doch ich musste nun an mich denken. Sollte das auch egoistisch klingen, ich wollte weg vom Handel. Die Arbeitszeiten, die immer weiter ausgedehnt wurden, die schlechte Entlohnung, der ständig steigende Druck, die sich immer schneller drehende Technikspirale, wo halb fertige Produkte den Markt überschwemmten. All das würde meiner Meinung nach irgendwann zum Supergau führen. Und da wollte ich – Gott bewahre – nicht mehr dabei sein. Und dennoch quälte mich die Frage, was ich tun sollte.

Dreißig Jahre im Handel waren eine lange Zeit. War ich noch bereit, mich schulen zu lassen oder die Branche zu wechseln? Würde ich den Anforderungen des heutigen Arbeitsmarktes noch gerecht werden? Wie sah es mit meiner Belastungsfähigkeit aus? Würde man einen Menschen, der mit Burnout aus einem Unternehmen ausgeschieden war, akzeptieren? Würde ich einen Job in meiner Heimatstadt bekommen, um bei meiner Familie zu bleiben? Fragen über Fragen. Plötzlich war da wieder dieses Phänomen. Ich hatte das Gefühl, als würde mir eine Träne über die Wange fließen, begleitet von eisiger Kälte. Ich konnte nicht genau sagen, wie lange ich das schon fühlte, aber sicher schon seit dem vorigen Jahr. Nur die Mitte der linken Wange war davon betroffen. Es war aber keine Träne da, die es wegzuwischen galt in jenem Moment. Ich wischte mit dem Finger über diese Stelle und das Gefühl war weg. Ich werde das Gerhard mitteilen beim nächsten Besuch, sollte ich es nicht wieder vergessen. Passierte mir in letzter Zeit vermehrt, dass ich Aufgaben, die ich erledigen sollte, vergaß, wenn ich sie mir nicht notierte. Ich hatte viele Aufgaben, die ich mir notierte. Inwieweit das mit Burnout zu tun hatte, wusste ich nicht. Wartete noch auf die Bücher, die ich mir aus dem Internet bestellt hatte, wo ich das nachlesen konnte. Ich würde aber bei meinem nächsten Besuch in der Praxis mit Gerhard darüber sprechen. (Muss ich mir gleich notieren.) Auch so eine komische Sache war es, wenn meine Stirn rot anlief und diese Stelle dann sehr warm wurde. Das passierte mir häufig, wenn ich mich aufregte oder nervös war. Manchmal aber auch nur so, wenn ich dasaß und an irgendetwas dachte.

Ich fühlte mich in diesem Moment sehr wohl, in unserem schönen, hellen Wohnzimmer vor meinem PC, und ließ meinen Gedanken freien Lauf, ohne dass ich für jemanden irgendetwas erledigen musste. Die Sonne schien warm durch das Fenster und ich hörte Gabi in der Küche das Mittagessen zubereiten. Diese Geräusche, wenn die Türen der Küchenkästen geöffnet wurden und das manchmal mit einem leichten Quietschen einherging, das Öffnen und Schließen der Besteckladen, bei dem ein leichtes Klirren des Bestecks zu vernehmen war, wirkten vertraut und beruhigend auf mich. Zur leisen Musik des Radios stimmte Gabi ab und zu mit einem fröhlichen Pfeifen ein. Die Ruhe ließ meinen Stresspegel stark absinken und spendete mir Sicherheit, bei der ich meine Sorgen für einige Zeit vergessen konnte. Die Jobsuche – ich hatte im Internet auf den diversen Jobbörsen recherchiert – würde ich vorerst einstellen, da sie mich sehr belastete. Ich dachte, es wäre nicht fair gegenüber meiner Firma. Obwohl ich zu diesem Zeitpunkt schon wusste, dass ich vermutlich nie mehr zurückkehren könnte, da mich die Vergangenheit immer wieder einholen würde. Aber mal sehn, was passieren sollte.

Ich war vom vielen Schreiben etwas müde und wollte mich jetzt ausruhen. Ich freute mich schon auf den Spaziergang mit Gabi, denn es war sehr schön an jenem Tag und die Sonne lachte in voller Pracht vom Himmel.

Wenn auch nur in mir wieder die Sonne scheinen würde, wäre ich überglücklich. Vielleicht würde es ja bald so sein. Ich musste nur Geduld haben – wenn das nicht so schwer wäre.

Der Abendhimmel im Westen hatte sich orange gefärbt. Wir waren über eine Stunde wandern. An der Enns, diesem Fluss, der durch das wunderschöne Ennstal fließt. Bei jedem Schritt knirschte die dünne Schneedecke unter unseren Schuhen. Der Nebel zog vom Fluss herauf und legte sich über die Sträucher und Bäume. Durch die Kälte bildete sich Reif und überzog die Landschaft mit einem feinen weißen Kristallgespinst. Es war, als würden wir durch einen Märchenwald spazieren. Ich brauchte nur mehr auf die gute Fee zu warten, um ihr meine Wünsche vorzutragen. Ein Reh, das auf der Wiese stand und versuchte, die nicht gefrorenen Gräser zu finden, flüchtete, als es uns wahrnahm. Vermutlich waren unsere Schritte zu laut oder es wurde durch unsere Unterhaltung gestört. Ein Schwarm Vögel flatterte über uns in den Baumwipfeln aufgeregt hin und her. Gabi meinte: »Schau, die ersten Frühlingsboten.« Ich zerstörte ihre Illusion mit einem: »Ja, ja – mitten im Jänner.« Mir kam es vor, als ob ich die Natur nun viel bewusster und intensiver wahrnehmen würde, seit ich an diesem Burnout litt. Wir waren früher oft im Wald spazieren als Ausgleich zur Arbeit, aber in letzter Zeit hatte ich dabei nicht mehr dieses Gefühl der Freude.

Das Einzige, das mich zu dieser Zeit störte, war dieses flaue Gefühl im Magen und die Ungewissheit. Positiv hingegen fand ich, dass bis dato noch keine Nebenwirkungen bei der Einnahme der Tabletten auftraten. Bis auf ein leichtes Ziehen, das ich manchmal in der Magengegend verspürte. Das war aber locker zu ertragen, ansonsten trat noch nichts ein, was ich auf den Beipacktexten gelesen hatte. Und da standen eine Menge böser Sachen drauf.

Meine Schwester und ihr Mann hatten sich für einen Besuch angesagt. Ich freute mich sehr darauf. Andy ist unser Skipper, mit dem wir seit fünf Jahren jeden Sommer eine Woche in Kroatien einen Segeltörn absolvierten. Segeln ist eine wirklich wunderbare Art der Entspannung. Diese Ruhe an Board, wenn ein gleichmäßiger Wind das Dahingleiten unter vollen Segeln erlaubt, war absolut traumhaft. Gabi, Andrea und ich hatten immer sehr viel Spaß (Andy die Verantwortung). Er hatte jedoch immer alles im Griff. Andy ist ein sehr gewissenhafter Mensch und bereitete sich das ganze Jahr über in seiner »Kajüte«, wie wir sein adaptiertes Kellerabteil scherzhaft nennen, auf den Törn vor. An Bord arbeiteten aber alle zusammen, was man dann unter guter Seemannschaft versteht. Auch für heuer hatte er schon einen Törn, der uns wieder durch die wunderbare Inselwelt Kroatiens führen sollte, geplant. Hoffentlich würde ich es schaffen, dass ich bis dahin dieses Burnout überwunden hatte. Mir würde das Segeln furchtbar fehlen. Es war immer eines der Highlights in meinem Jahr.

Wie gerne würde ich in diesem Moment segeln. Den blauen Ozean unter, die Kraft der wärmenden Sonne über mir. Das beruhigende Schaukeln des Bootes würde mich in den Schlaf wiegen. Keine Sorgen mehr, die mich bedrücken würden. Ich hätte sie am Ufer zurückgelassen.

11.01. – Streit mit Gabi

An diesem Tag fühlte ich mich nicht wohl. Vielleicht lag es am Föhn, der einen Wetterumschwung bringen sollte. Ich war matt und ziellos und konnte meine Gedanken nicht ordnen. Trotz des schönen Wetters hatte ich keine Lust, einen Spaziergang zu machen. Mein Vater kam, um mich zu besuchen und brachte Neuigkeiten von der Jobfront mit. Er hatte mir einen Personalfragebogen einer Firma mitgebracht, in der er selbst ein Leben lang bis zur Pensionierung tätig war. Meine Mutter schickte mir homöopathische Nerventropfen sowie eine Einladung zu Kaffee und Kuchen. Die Tropfen sollten mich wieder auf Vordermann bringen – wie es so schön heißt. Meine Eltern sind zwei ganz außergewöhnliche Menschen. Sie waren und sind immer für uns da und um uns besorgt. Vater steht uns immer mit Rat und Tat zur Seite, sollten bauliche oder technische Mängel die Wohnung heimsuchen. Meine Mutter ist ein besonders fürsorglicher Mensch. Am liebsten glaube ich, wäre es ihr, wenn wir alle unter einem Dach wohnen würden. Sie ist ein Familienmensch und ihre Augen leuchten immer ganz besonders, wenn wir mit ihren Enkelkindern auf unsere Wochenendhütte kommen. Dieses kleine urige Domizil, wo sie oft den besten Schweinsbraten der Welt für uns auftischt.

Mit Gabi hatte ich eine Meinungsverschiedenheit, die mich sehr belastete. Es war nach wie vor so, dass mein verbaler Aggressionslevel sehr rasch nach oben schnellte, wenn etwas nicht meinem Standpunkt entsprach und jemand mir den seinen erklärte. Sie hatte dabei sicher recht, aber ich bin ein Dickschädel und verteidigte meinen Standpunkt, auch wenn ich dabei unrecht hatte. Sie ist immer für mich da, tut alles für mich und ich hatte sie an diesem Tag sehr verletzt. Zu Mittag zog ich mich wortlos ins Schlafzimmer zurück und sah mir ein Schirennen an. Das war für mich am einfachsten, denn da brauchte ich nicht zu denken. Ich hatte das in diesem Jahr noch sehr oft gemacht. Gabi schlief etwas im Wohnzimmer. Ich sollte bei unserem nächsten Gespräch ihre Meinung und ihren Standpunkt respektieren und einmal vorher denken und dann reden. Denn hinterher tat es mir immer sehr weh, wenn die Einsicht kam, dass ich etwas falsch gemacht hatte. Und es auszubügeln – falls das noch möglich war – kostete enorm viel Kraft und Energie.

Tanja kam an diesem Tag aus Graz und ich würde ihr eine Erklärung abgeben müssen, was mit mir los sei. Es würde sie sicher freuen, dass ich trotz der Einnahme dieser Psychopharmaka noch da war. Meine Schulter schmerzte an diesem Tag wieder mehr, wohingegen das Ziehen in den Kniekehlen schon etwas besser geworden war. Im Allgemeinen reagierte mein Körper sehr gut auf die Medikamente. Nur hatte ich immer so ein leichtes Hungergefühl, das sich durch ein Ziehen in der Magengegend bemerkbar machte. Ich nahm ab diesem Tag noch zusätzlich die Nerventropfen, die meine Mutter mir geschickt hatte: »Zur Stärkung der Nerven, gegen depressive Verstimmung« stand da geschrieben. Aber was mir an dem Text, der auf dem Beipackzettel stand, besonders gefallen hatte, lautete: »*Der Mensch soll wieder Herr im eigenen Haus seiner Gedanken werden.*«

Bei mir sah es allerdings noch nicht danach aus. Leichte Kopfschmerzen begleiteten diesen, für mich nicht so guten Tag. Mag sein, dass es wirklich am Wetterumschwung lag. Den hatte ich auch schon früher gefühlt. Oder hatte ich da auch schon Burnout?

12.01. – Schlüsselübergabe

Ich erwachte kurz vor fünf Uhr. Es war noch stockdunkel draußen. Ein feiner Streifen Kondenswasser hatte sich auf der Fensterscheibe gebildet. Das war immer so, wenn es draußen sehr kalt und im Zimmer sehr warm war. Durch das Licht eines Fensters aus dem gegenüberliegenden Haus sah es aus, als ob kleine Sterne an unserem Fenster kleben würden. Gabi träumte noch neben mir, doch gleich würde der Wecker läuten. Sie musste zur Arbeit. »Normalerweise sollte ja der Mann seine Familie ernähren«, kam es mir wieder in den Sinn. Und schon überkamen mich wieder diese Existenzängste.

Wie würde das mit dem Geld aussehen, ohne meinen Job? Wovon würde ich mich trennen können, sollte ich etwas veräußern müssen? Die Wohnung, Tanjas Ausbildung, Essen und Trinken mussten finanziert werden. Würde ich alles aufs Spiel setzen und auf meine Gesundheit verzichten, indem ich versuchte, sofort wieder die Arbeit aufzunehmen, oder sollten wir uns einschränken?

56

Wobei das mit dem Einschränken hauptsächlich mich betreffen würde. Gabi hatte damit noch nie ein Problem. Sie ist ein sehr genügsamer Mensch. Sollte ich einen neuen Job finden, der mit dem Verkauf nichts zu tun hatte, müsste ich wahrscheinlich umlernen. Würde ich das noch schaffen? War ich noch so belastbar, dass ich keine Probleme dabei bekommen würde? Woher sollte ich das wissen? Ich nahm mir vor, es zu versuchen, sobald sich eine Besserung meines Zustands einstellte. Das lag schon daran, dass ich meine Familie nicht enttäuschen wollte, aber mir war bewusst, sollte ich versagen, könnte alles noch schlimmer werden. Je mehr ich darüber nachdachte, wie ich auf den neuen, richtigen Weg kommen könnte, desto schlimmer wurde alles. Meine Gedanken drehten sich im Kreis und stießen dabei immer wieder auf unüberwindbare Hindernisse, jeder positive Gedanke, den ich hatte, wurde von zwei negativen vernichtet. Tanja hatte mir empfohlen, mit einem Therapeuten zu sprechen. Eine Bekannte von ihr kannte da jemanden, der solche Gespräche führte. Und vor allem – das Gespräch war kostenlos, was in meiner derzeitigen finanziellen Lage ja nicht unerheblich war. Ich denke, ich werde da einmal hingehen.

Plötzlich klingelte mein Handy und Stefan, mein Chef, war dran. Was wollte er von mir? Wissen, bis wann ich wieder zur Arbeit komme? Mir mitteilen, dass ich gekündigt war? Nein, weit gefehlt. Er kommt von auswärts zur Arbeit und das meistens etwas später. Die KollegInnen, die an diesem Tag Dienst hatten, standen vor verschlossener Tür und konnten daher das Geschäft nicht öffnen. Er bat mich – nachdem er sich nach meinem Befinden erkundigt hatte – meinen Firmenschlüssel an Denise zu übergeben. Meine Kollegin Denise, ein sehr fröhlicher, lustiger Typ, kam aus dem angrenzenden Kaffeehaus. Nach einem kurzen Gespräch – bei dem auch sie sich nach meinem Befinden erkundigte – übergab ich ihr die Schlüssel und ein Gefühl des Abschieds wuchs in mir heran. Auf meinem Weg zurück zur Wohnung drückte mich eine Träne, der ich auch ihren Lauf ließ. Traurigkeit überfiel mich, gleichzeitig wurde aber auch eine gewisse Erleichterung spürbar.

13.01. – Explosive Stimmung

Trotzdem ich gut geschlafen hatte, quälten mich wieder dunkle Gedanken. Schön langsam fragte ich mich, wozu diese Tabletten eigentlich gut waren, außer, dass ich dieses unangenehme Ziehen in der Magengegend verspürte und mir die Lust am Sex vergangen war. Was natürlich wieder zu depressiven Gedanken führte. Als Mann stand ich ja in diesem Punkt in gewisser Weise unter Zugzwang. Es war mir sehr unangenehm, meine ehelichen Pflichten nicht mehr ausüben zu wollen. Ich musste mich nämlich dazu sehr anstrengen und das machte mir keinen Spaß. Wobei mich Gabi in dieser Beziehung niemals unter Druck gesetzt hatte, ich war derjenige, der mit dem Druck des momentanen Versagens nicht fertig wurde, und das belastete mich zusätzlich. Wie ich aus einem Gespräch mit Gerhard erfuhr, war dies eine normale Begleiterscheinung meiner Medikamente – ich hatte zwar die Beipacktexte gelesen, aber nicht alles geglaubt, was da geschrieben stand. Nun wurde ich wieder einer meiner Illusionen beraubt – unverwundbar zu sein. Ich hasste das.

Nach einer ausgiebigen Dusche war mein Gemütszustand etwas nach oben geklettert. Tanja und Kerstin waren inzwischen aufgewacht und frühstückten mit Gabi. Etwas später wollte ich kurz an den PC, doch Tanja saß schon davor. Ich sagte zu ihr, dass ich den PC brauchen würde, und sie fragte mich nur: »Wozu denn?« Und »peng!« schon explodierte ich und erklärte ihr lautstark, wer dieses Teil denn gekauft hätte. Sie ging wortlos an mir vorbei, und in diesem Moment tat es mir auch schon leid, dass ich so laut gewesen war. Ich hatte mich natürlich bei ihr entschuldigt, aber es blieb immer ein schaler Geschmack nach solch einer Aktion zurück. Sie ist etwas später nach Leoben gefahren, und ich fragte sie, ob ich sie vertrieben hätte, was sie aber mit einem »Nein« quittierte. Zum Abschied bekam ich sogar noch ein »Bussal.« Schön.

Aber genau das war es, was mich im Moment so extrem an mir nervte. In meiner Launenhaftigkeit kam ich mir vor, als suchte ich irgendeinen Schuldigen, der für die Misere, in der ich mich befand, verantwortlich war. Ich fühlte mich wie ein Pulverfass, bei dem die Lunte kurz vor dem Zündpunkt war. Oder Jekyll und Hyde wäre auch ein guter Vergleich. Das machte mir

Angst. Ich hatte im Internet schon viel über das Burnout-Syndrom gelesen. In der Zeitung waren ebenfalls einige Berichte darüber gestanden. Ich wusste laut diesen diversen Selbsttests, die in den Zeitungen zum Ankreuzen waren, und laut Gerhard, dass ich es hatte, nur war nirgendwo zu lesen, wie man rasch etwas dagegen unternehmen könnte. Womöglich gab es da nichts, das einem rasch helfen würde. Vielleicht hatte ich es aber auch nur nicht verstanden. Gabi sagte immer, ich bräuchte professionelle Hilfe. Ich sollte mit jemandem reden, der sich in so einem Fall auskennt. Vermutlich hatte sie recht. Aber mit einem Wildfremden über meine Gefühle zu sprechen war mir irgendwie suspekt. Ich fragte mich, was das bringen sollte, mit jemandem, den ich nicht kannte, zu reden. Es fiel mir nämlich so schon enorm schwer, ein Gespräch zu beginnen. Das hört sich jetzt für einen, der Verkäufer ist, zwar komisch an, aber ich reagierte lieber immer auf eine Frage, als eine zu stellen.

Bestehende Strukturen zu verändern, erfordert ein gewisses Maß an Willenskraft. Hätte ich diese Willenskraft, würde ich wohl kaum hier sitzen mit diesem Problem – oder doch?

Morgen sollten meine bestellten Bücher kommen. Ich war schon sehr neugierig, was ich daraus lernen konnte. Gerhard würde ich nächste Woche auf so eine Gesprächstherapie ansprechen. Mal sehen, was er davon hält.

14.01. – Das Kundenproblem

Langsam wurde es zur Routine, dass ich morgens um fünf erwachte. Konnte dann nicht mehr einschlafen, da mir wieder alles Mögliche durch den Kopf ging. Es war aber meist ein heilloses Durcheinander der Gedanken, das ich nicht ordnen konnte. Ich hatte daher an diesem Tag versucht, meinen Fokus auf ein bestimmtes Problem zu legen und dieses für mich zu analysieren.

Meine Wahl fiel auf das »Kundenproblem.« Nach dreißig Jahren im Verkauf konnte ich ja schon über einiges berichten. In den letzten 15 Jahren meiner Karriere im Verkauf kam es zu unglaublichen Technologiesprüngen, mit denen wir kaum mehr fertig wurden. Früher, in jungen Jahren, hatte mir der

Verkauf irrsinnig Spaß gemacht, vor allem, weil wir ein tolles Team waren und uns gegenseitig gepusht haben. Trotz meiner Firmenwechsel hatte ich das Glück, immer mit den gleichen KollegInnen zusammenzuarbeiten. Die Neuen, die in unregelmäßigen Abständen zu uns stießen, »schworen« wir auf unsere Linie ein und »erzogen« sie in unserem Sinn. So bildeten wir nach jedem Wechsel in der Belegschaft – die Stammformation blieb über die Jahre hinweg ident – innerhalb kürzester Zeit wieder ein neues Superteam. Was aber meiner Meinung nach das Wichtigste war: Wir unternahmen auch privat etwas gemeinsam wie wandern, Schi fahren, Geburtstagsfeiern oder einfach nur zusammensitzen und reden. Jeder war für jeden da! Musketiere des Verkaufs sozusagen. Wir bauten auch unsere Filiale um, werkten mit Pinsel und Farbe sowie Bohrmaschine und Tischlerwerkzeug bis spät in die Nacht und hatten unseren Spaß dabei, obwohl das nicht die Tätigkeiten eines Verkäufers waren. Wir waren jung und hatten genug Energie.

Wenn Kunden Probleme mit bei uns gekauften Produkten hatten, wurde dies von uns rasch und unkompliziert gelöst. Das brachte es natürlich mit sich, dass unsere Filiale immer mehr frequentiert wurde und aufgrund der steigenden Umsätze auf einen Topplatz im Firmenrankig aufrückte, und sich nun die Zentrale nicht erklären konnte, wie wir das in so einem »Provinznest« schafften. Diese Arbeitsweise ging aber im Laufe der Jahre nach hinten los, wie man so schön sagt. Es sprach sich unter den Kunden sehr schnell herum, welch tolle Verkäufer in dieser Filiale am Werk waren, natürlich stieg dadurch die Kundenfrequenz pro Verkäufer rapide an. Auf der Technikseite wurde es immer komplizierter und die Verkaufsgespräche wurden immer intensiver und länger. Die Zeit für uns, die Ruhephasen, die wir nötig gehabt hätten zwischen den einzelnen Kunden, verkürzten sich enorm. Es gab einfache, nette Kunden, die problemlos mit den Erklärungen, die man machte, zurechtkamen. Andere wiederum brauchten etwas länger, bis sie verstanden hatten, wie das gewünschte Produkt funktionierte. Abends saßen wir oft zusammen und tauschten bei einem Bierchen oder zwei unsere kundenspezifischen Erlebnisse aus und wählten dabei den »Stein« des Tages. Das war jener Kunde, der absolut nicht »behirnte«, was man ihm erklärte – wie einer meiner Kollegen so trefflich zu sagen pflegte. In jener Zeit wurden wir oft zu Verkaufstrainings und Seminaren geschickt, bei denen uns die Zentrale auf den Kunden einschwor und ein Schema für

60

einen schnellen Verkaufsabschluss erklärte. Nur gab es kein Schema für die vielfältigen Erscheinungsformen der Kunden. Viele Kunden verkürzten unsere Zeit mit ihren Erzählungen, mit persönlichen Erlebnissen, die sie mit den bei uns gekauften Technikteilen hatten. Manche taten das, obwohl es nicht hätte sein müssen, sehr ausführlich, während die Frau-Gemahlin mit der Freundin beim Friseur oder bei einem Kaffee verweilte.

Auch die aggressiven Kunden, die mit der gekauften Ware oder mit Entscheidungen in Bezug auf Reparaturen nicht zufrieden waren und den Verkäufer dafür verantwortlich machten, nahmen immer mehr zu. Ich kann mich da an einen Fall erinnern, – der schon etwas zurücklag – wo ein Kunde einem meiner Kollegen einen defekten VHS-Rekorder vor die Füße geknallt hatte, dass die Fetzen nur so flogen. Das Gerät zerbarst damals in all seine Bestandteile und der Kunde entschwand mit der lapidaren Ansage: »Das könnt ihr jetzt entsorgen, das ›Graffl‹« (nicht funktionierendes Gerät), aus dem Geschäft. Mein Kollege kam unverletzt davon, hatte aber einen gehörigen Schock. Wie wir alle.

Die Firma änderte, je größer sie wurde, ihr Kulanzverhalten gegenüber den Kunden. Das bekamen wir an der Front sehr deutlich zu spüren. Kunden, denen man schon jahrelang entgegengekommen war und die man gut kannte, rührten sich nun bei der Bitte um etwas Geduld, da man ein defektes Gerät einschicken musste, keinen Millimeter weg von ihrem Standpunkt. Im Gegenteil, sie beharrten nach wie vor auf sofortigen Austausch, wie einst praktiziert. Nach manchem Streitgespräch wurde die Zentrale per Brief vom Kunden kontaktiert und diesem wurde in den meisten Fällen natürlich dieses Recht zuerkannt. Man stand dann als Verkäufer wieder einmal dämlich im Regen und konnte sich auch noch den Spott und Hohn der Kunden anhören, obwohl man genau nach Anweisung der Zentrale gehandelt hatte.

Diese Vorfälle häuften sich vermehrt, als die Handyabteilung immer stärker ins Blickfeld der Konsumenten rückte. Die »Todeszone«, wie ich sie nannte, war genau an meine Computerabteilung angeschlossen und immer mehr Kunden fragten mich, um ihre Wartezeiten zu verkürzen, nach Beratung. Jeden Tag erklärte ich nunmehr, dass ich in dieser Abteilung nicht zuständig wäre, und war heilfroh, wenn ich einen Computerkunden hatte. Ich war es leid, jedes Mal angesehen zu werden, als ob ich für den Verkauf von Handys zu dämlich wäre. Wie hätte ich einfach den Kunden erklären sollen, dass mich die Erklärung und Anmeldung für Stunden von meiner Abteilung ferngehalten hätte. Das in großen Lettern auf mein T-Shirt gedruckt, hätte mir damals wohl einige dumme Bemerkungen erspart.

Aber auch in meiner, der Computerbranche, nahmen die Probleme rasant zu. Es wurde durch die rasch wechselnde Technik und den Internethype für viele Kunden ein Problem, das Richtige im Falle eines Errors zu tun. Die Virenproblematik durfte man auch nicht unterschätzen. Durch Unachtsamkeit im Umgang mit dem Internet (Surfen ohne Antivirus-Schutz) verseuchten manche Kunden ihren PC total. Natürlich kamen sie danach zu mir und konfrontierten mich mit der Tatsache, dass ich ihnen defekte Ware verkauft hätte. Sie wären an diesem Problem absolut schuldlos – meist gehörter Spruch in meiner Zeit als Computerverkäufer. Wer wie ich aus Erfahrung weiß, wie viele Komponenten in einem Computer zusammenpassen müssen, damit er reibungslos funktioniert, von den Peripheriegeräten und dem Wissen der User einmal abgesehen, dem fiel es sehr schwer, an eine Besserung der Situation zu glauben. Ich hatte leider auch keine Idee, wie das zu ändern wäre – außer, ich würde den Job wechseln. Bei CD1 hatten wir – Gott sei Dank – Techniker, die sich der vielfältigen Probleme der Kunden und ihrer Geräte annahmen, doch für mich war das zu spät.

Dass ich nirgendwo etwas geschenkt bekommen würde und es auch in anderen Branchen Probleme geben konnte, war mir schon klar. Was ich aber in jenen Tagen nicht mehr wollte, war meinen Kopf hinzuhalten für Fehler, die andere gemacht hatten, und wenn auch noch Dummheit bei der Bedienung im Spiel war, die Schuld auf mich zu nehmen, da der Kunde ja König ist. Sollte ich Fehler machen (bin ja auch nur ein Mensch), dann würde ich auch dafür geradestehen, mit allen Konsequenzen.

62

15.01. – Kontrolle bei Gerhard

An diesem Tag hatte ich einen Termin bei Gerhard und rief deshalb Brigitte an, die mir sagen sollte, wann es am günstigsten wäre vorbeizukommen. Ich hatte zu jener Zeit das Problem, dass ich mich sehr unwohl fühlte und zu schwitzen begann, wenn sich mit mir mehrere Leute im Warteraum befanden. Sie bestellte mich für zehn Uhr in die Ordination, in der Annahme, es würde um diese Zeit etwas ruhiger sein. Es waren gottlob nur drei Personen vor mir. Ich setzte mich und nahm mir eine Zeitung. Plötzlich kamen immer mehr Patienten und ich wusste nicht so recht, wie ich mich verhalten sollte. Meine Hände zitterten schon leicht und die Verspannung im Rücken nahm mächtig zu. Mein Kiefer verkrampfte wieder, obwohl ich darauf bedacht war, dass das nicht passieren sollte. Ich hatte keine Kontrolle darüber. Als mich Brigitte in die Untersuchungsräume bat – sie hatte wohl bemerkt, dass es mir nicht mehr gut ging, oder ich war einfach nur an der Reihe –, war ich sehr erleichtert. Ich setzte mich mit dem Rücken an eine Wand gelehnt auf eine Untersuchungsliege und wartete auf Gerhard. Es herrschte eine angenehme Ruhe, nur leises Stimmengemurmel aus anderen Bereichen war zu hören. Ich nickte kurz ein, da ich an diesem Tag schon um halb drei Uhr erwacht war. Gerhard kam in den Raum und fragte mich, wie es mir ginge. Ich antwortete: »Sag du es mir, wie sehe ich denn aus?«

Ein Lächeln huschte über sein Gesicht: »Du hast schon mal besser ausgesehen. Schläfst du nicht regelmäßig?«

»Problem erkannt«, antwortete ich mit etwas Sarkasmus in meiner Stimme, »wenn ich nachts aufwache, kann ich nicht mehr einschlafen. Auch ›Schafe zählen‹ hilft nicht. Ich halte das nicht mehr lange aus, denke ich.«

Gerhard strich sich über sein Kinn und blickte sehr nachdenklich, während er meinen Blutdruck misst: »Die Dosis Trittico ohne fachärztliches Gutachten einfach zu erhöhen, finde ich nicht sinnvoll und auch nicht ratsam. Mir wäre es lieber, du sprichst mit einem Kollegen von mir über dein Problem. Der ist Psychiater und hat da mehr Erfahrung.«

»Genau deswegen bin ich hier, Gerhard. Kannst du mir eine Überweisung

63

schreiben. Ich wollte mich ohnehin psychiatrisch beraten lassen. Ich denke, auf mich allein gestellt, schaffe ich es nicht. Die Bücher, die ich bis jetzt gelesen habe, bieten zwar gute Ansätze und viele nützliche Tipps, aber ich schaffe es nicht, mich so zu stabilisieren, wie ich es mir wünsche.«

»So schnell, wie du dir das vorstellst, wird sich daran auch nichts ändern. Das braucht alles seine Zeit. Bis die Medikamente wirken, die deinen Serotoninspiegel anheben, wirst du dich noch ein wenig in Geduld üben müssen. Schritt für Schritt zu gehen, ist im Moment deine Aufgabe. Es hat Jahre gedauert, bis du in dieses Burnout gekommen bist, von heute auf morgen verschwindet das nicht. Geduld mein Freund, Geduld.«

»Habe ich ja, hab ich ja … wie du gesehen hast, bin ich schon so relaxed, dass ich in deiner Ordination einschlafe«, lachte ich etwas gequält in der Überzeugung, schon bessere Witze geliefert zu haben.

»Schlechte Zeiten sind oft dazu da, denn Weg für bessere zu ebnen.« Mit diesem Spruch, über den ich noch oft nachdachte, verabschiedeten wir uns voneinander und ich verließ die Praxis.

Als ich etwas später in der Ordination des Psychiaters anrief, hatte ich eine Dame am Telefon, die mir mitteilte, dass ich Anfang Februar einen Termin bekommen könnte. Ich sagte ihr höflich, dass ich am Burnout-Syndrom leide und deshalb rasche Hilfe benötigen würde. Sie entgegnete, dass ihr das leidtäte, aber es nichts an der Tatsache ändern würde, dass sie hoffnungslos ausgebucht waren. Wie alle Jahre um diese Zeit. Was sollte mir das sagen? »Die Zeit der Ruhe und Besinnungslosigkeit, welche auch als Weihnachten bekannt ist, hatte wohl wieder ihre Opfer gefordert.« Ich wollte nochmals mit Gerhard telefonieren, was er davon hielt, aber den Termin hatte ich mir vorsichtshalber reservieren lassen. Sonst käme ich vermutlich erst zu Ostern dran und auch das war nicht ganz sicher, denn Osterzeit = Geschenkezeit = Stresszeit!

Abends rief ich Gerhard an, um ihm die Antwort des Psychiaters mitzuteilen. Er sagte mir, dass das schon in Ordnung wäre, in diesem Zeitraum würden dann auch die Medikamente, die er mir verschrieben hatte, ihre volle Wirkung entfalten und der Kollege könnte sich ein komplexeres Bild über den Verlauf meiner Krankheit verschaffen. Was er allerdings nicht wusste, war, dass ich Gabi zu Weihnachten Karten für das Musical »We Will Rock You« im Wiener Raimundtheater geschenkt hatte und ich nun nicht mit ihr fahren konnte. Aufgrund der Medikamente, die ich einnehmen musste, hatte ich Angst, so lange Strecken mit dem Auto zu fahren, und mit der Bahn zu reisen, wäre ein herber Rückschlag für mein Konto gewesen. Natürlich war mir auch die Masse an Menschen, die dieses Musical besuchen würde, nicht egal. Ich war vollkommen am Boden zerstört. Wie sollte ich es Gabi erklären? Sie hatte sich doch so darauf gefreut. Musicals zu sehen, war ihre große Leidenschaft. Als ich Gabi die Hiobsbotschaft überbrachte, sagte sie sofort: »Verkauf die Karten, wenn das noch möglich ist. Wir haben momentan Wichtigeres vor, als uns ein Musical anzusehen. Es werden noch viele Musicals kommen, die wir uns ansehen können.«

Gabi war zwar einen Kopf kleiner als ich, aber in Wahrheit überragte sie mich um Längen. Ich hatte ab sofort ein neues Ziel vor Augen. Wenn das alles durchgestanden war, würde ich mit Gabi zu einem Musical fahren. So hatte mir meine Frau ein erstes Ziel gegeben, das ich in meinem neuen Leben erreichen wollte. Ich war sehr dankbar, dass sie an meiner Seite war. Gabi und unsere Kinder gaben mir die Kraft, die ich nun brauchen würde.

16.01. – Treffen mit Stefan

Es war kurz vor zehn Uhr vormittags, als mein Handy läutete. Am Display sah ich »Stefan« aufleuchten. »Hallo Fred, wie geht es dir? Hättest du Zeit, mit mir auf einen Kaffee zu gehen?«, wobei er das Wort Kaffee mit Betonung auf das »K« aussprach. Das hörte sich irgendwie witzig an.

Mein Puls raste und ich wusste nicht so recht, was ich sagen sollte. Tausend Gedanken schossen durch mein Hirn, einer blieb hängen: »Kündigung.« Alles in mir krampfte sich zusammen. Nicht dass ich nicht damit gerechnet hätte, ich hatte ja gestern ein E-Mail an ihn geschickt, dass es bei mir etwas länger dauert, aber dass es so schnell gehen würde? Ich konnte schon wieder keine Entscheidung treffen, also versuchte ich, das Treffen hinauszuzögern, damit ich überlegen konnte, was ich machen sollte, und so antwortete ich ihm: »Ich hätte um vierzehn Uhr Zeit für dich.« Stefan bestätigte den Termin und verabschiedete sich. Nun saß ich da, ein Häuflein Elend auf unserem Sofa und das ganze positive Feeling, das ich an jenem Vormittag aufgebaut hatte, war ... WEG!

»Warum sollte ich eigentlich bis Nachmittag warten?«, dachte ich. Es würde nichts an den Tatsachen ändern. So wie es kommen musste, so würde es kommen. Ich rief Stefan nochmals an und fragte, ob er auch um elf Uhr Zeit hätte. Er bejahte und ich legte auf. Gabi und ich hatten ausgemacht, wir würden uns, so gut wie möglich, nicht vom Finanziellen leiten lassen. Aber in diesem Moment ging mir vieles durch den Kopf – wie es weitergehen würde und was alles noch auf uns zukommen könnte. Es war Angst vor der Zukunft, die mich heimsuchte.

Als ich in der Konditorei, die sich gleich neben der Firma befand, angekommen war, saß Stefan schon an einem Tisch und telefonierte. Ich setzte mich zu ihm und wartete, bis er sein Gespräch beendet hatte. Ein seltsamer Gedanke schwirrte durch meinen Kopf. Vor vier Jahren saßen Stefan und ich am Nebentisch und er hatte mich damals eingestellt, jetzt würde ich einen Tisch weiter – entlassen. Wir begrüßten uns, nachdem er das Telefonat beendet hatte, und Stefan fragte mich, wie es mir ginge. Ich antwortete, weil ich nicht wusste, was ich sagen sollte, mit einer der üblichen Floskeln: »Geht so. Mal besser, mal schlechter.« Er teilte mir daraufhin mit, dass er zum Wohle der Firma etwas unternehmen müsste und ich fiel ihm ins Wort: »Ich verstehe das absolut und bin mir auch bewusst, dass ich für die Firma ein Problem darstelle«, worauf er mich ansah und meinte, ich sollte ihm doch erst einmal zuhören, er hätte eventuell eine Lösung für das Problem. Nach seinen Ausführungen saß ich am Tisch und war einfach sprachlos. Er hatte eine Lösung, die mir den Druck bei der Genesung nehmen sollte und bei der ich auch finanziell weniger Einbußen haben würde. Wir sprachen noch über meine Krankheit und er erklärte mir, dass er wüsste, was in etwa in mir vorginge, da er einen ähnlich gelagerten Fall in seinem Bekanntenkreis erlebt hatte. Vielleicht war auch das einer der Gründe für sein großherziges Angebot. Wir einigten uns auf vorerst drei Monate, in denen ich versuchen sollte, an mir zu arbeiten, um wieder ins Alltagsleben zurückzufinden. Ich kann nur sagen, Menschen wie Stefan sollte es mehrere in den Firmen geben. Danke. Ich verabschiedete mich mit dem Versprechen, die Kolleginnen und Kollegen zu besuchen, sobald ich etwas mehr gefestigt wäre.

Ich schickte Gabi ein SMS, dass ich am Parkplatz auf sie warten würde. Sie sah mich schon von Weitem im Auto sitzen mit einem fröhlichen Gesichtsausdruck, den sie schon einige Zeit nicht mehr an mir gesehen hatte. Auf ihre Frage, ob ich spazieren war, erwiderte ich: »Ja, im Kaffeehaus.« Verdutzt sah sie mich an und fragte nun, wie ich das meinen würde. Ich musste lachen und erzählte ihr die ganze Geschichte. Sie war genauso sprachlos wie ich zuvor.

Man sollte immer an das Gute im Menschen glauben. Denn Glaube ist Hoffnung und die Hoffnung stirbt zum Schluss.

18.01. – Technikprobleme

Tagwache um halb sieben. Als Erstes versuchte ich, mein Modem zu resetten, da gestern Abend mein Internetzugang nicht mehr funktioniert hatte. Das war mir beim Aufwachen eingefallen, der Neustart hat aber natürlich nicht funktioniert. Ich rief daraufhin bei meinem Internetprovider in Wien an, um ihm mein Problem zu schildern. Also ich kann nur eines sagen: »Wenn man eine depressive Phase hat, sollte man tunlichst auf solche Versuche verzichten.« Die Angestellten dieser Firma waren Weltmeister im Weiterverbinden. Das Großartige daran war, man lernte die Stimmen sehr vieler Leute kennen und man konnte in Ruhe Musik hören. Als Kerstin zu mir sagte: »Bitte Papa, reg dich nicht so auf, das ist es nicht wert«, wurde mir wieder der Unterschied zwischen einem »normal denkenden« Menschen und mir vor Augen geführt.

Ich ging frühstücken und versuchte gedanklich, eine Lösung zu finden. Klar wollte ich Verbindung zur Außenwelt halten, um meine E-Mails zu versenden. Bei der Versteigerung der Musical-Tickets musste ich nachsehen, ob jemand ein Gebot abgegeben hatte, Internetbanking war ein weiteres Thema, obwohl, wegen der Bank hätte ich mir ruhig etwas Zeit lassen können. Mein Konto zu besuchen trug in keiner Weise zur Stabilisation meines derzeitigen Gesundheitszustandes bei.

Mein Problem war aber vielmehr dieses zwanghafte »Das kann doch nicht sein, dass ICH das nicht in den Griff bekomme und am besten sofort«, das mich immer wieder in die Höhe trieb und an mir selbst zweifeln ließ. Wenn mich dann jemand darauf aufmerksam machte und ich darüber nachdachte, kam ich meistens zum gleichen Schluss: »Wozu steigerst du dich so rein? Man ändert durch unüberlegtes und überhastetes Handeln nichts an den Tatsachen.« Sollte ein Chirurg einfach darauf losschneiden, würde das sicher keine saubere Lösung ergeben. Auch mein Vater sagt immer zu mir: »Zuerst denken, dann handeln, Bua.« Aber in Stresssituationen, die ich mir meistens selbst mache, erinnere ich mich leider nie daran. Anstelle einer kurzen Auszeit, um nachzudenken, gebe ich Vollgas, und schon waren sie wieder da, meine Schwierigkeiten. Vermehrt kamen auch noch Hektik und Unkonzentriertheit hinzu.

Wenn ich in letzter Zeit zum Beispiel ein Verkaufsgespräch über ein Notebook geführt hatte und es kam ein zweiter Kunde dazu, dann wurde mir unwohl und ich konnte mich nicht mehr auf den eigentlichen Kunden konzentrieren. Die Angst, den Faden bei meinen Erläuterungen zu verlieren, war allgegenwärtig. Es gab Tage, da hatte mich das weniger gestört, aber in letzter Zeit wurden diese Tage immer mehr. Dabei wusste ich im Normallfall, wovon ich sprach. Insgeheim wartete ich aber immer auf die eine spezielle Frage des Kunden, die ich nicht beantworten könnte. Ich malte mir in den schillerndsten Farben die Meinungen der Kunden aus, die sie dann von mir haben würden. Von inkompetenter Verkäufer bis kompletter Vollidiot reichte das Spektrum, das sich in meinem Gehirn seinen Platz suchte. Warum das immer stärker wurde, war mir anfangs nicht klar, es hatte aber nicht zur Stärkung meines Selbstvertrauens beigetragen. Nun, wo ich Zeit hatte, darüber nachzudenken, waren schon gedankliche Ansätze zu diesem Problem vorhanden. Durch meinen mangelnden Einsatz bei der Fortbildung auf der technischen Seite und der Hoffnung, nicht mehr an der Front stehen zu müssen und ins Backoffice zu wechseln, kam ich in dieses Dilemma. Ich will nicht sagen, dass ich zu alt dafür gewesen wäre, aber meine Prioritäten hatten sich auf Kosten der Technik zugunsten der Natur hin verschoben. Vielleicht war das auch ganz natürlich, nachdem ich dreißig Jahre mit enormen Technologiesprüngen zu tun hatte. Ich war einfach ruhiger geworden und es war mir nicht mehr so wichtig, alles zu kennen, was neu auf den Markt kam, obwohl das verlangt wurde und ich nur so meinen Arbeitsplatz sichern konnte. Früher verschlang ich haufenweise die Computermagazine, in diesen Tagen war mir ein spannendes Buch schon wesentlich lieber.

Diese Unsicherheit und die explosive Mischung meiner Nervenstränge brachten mich dahin, wo ich nun war. Mir war nun wichtig, alles so gut es ging zu analysieren. Auch konnte ich anhand meiner Aufzeichnungen immer wieder nachlesen, was ich mir vorgenommen hatte, um mich nicht wieder nachhaltig ins Negative zu verändern. Dass dies aber sofort funktionieren würde, hatte ich in den letzten Tagen abgehakt. Die Hülle war durch die täglichen Trainingseinheiten und die Wanderungen in der Natur zusehends stabiler geworden, instabil war noch der Kern, der in ihr ruhte.

P.S: Mein Internet funktioniert wieder!

20.01. – Zu viele Sachen

An diesem Tag fühlte ich mich etwas besser, nur hatte ich wieder leichte Kopfschmerzen, wahrscheinlich lag das am Wetter und somit am Föhn. Nachdem ich am Vormittag vor dem Fernseher hockte, Kitzbühel stand auf dem Programm, verzichtete ich am Nachmittag auf das Schifliegen und ging mit Gabi entlang der Enns spazieren. Es tat mir sehr gut und meine Kopfschmerzen verschwanden – lag es doch nicht am Wetter, sondern an mir, da ich mich zu wenig bewegte? Leider war der Weg noch sehr vereist und wir wanderten deshalb über die Wiesen, wo der Boden teilweise schon aufgetaut war. Wir sahen danach recht lustig aus. Nass und dreckig, sowohl die Hosen als auch die Schuhe. Ganz wie in jungen Jahren, als wir unsere Mütter mit solchen Aktionen zur Verzweiflung brachten. Aber es war auf jeden Fall besser, als zu Hause zu sitzen und zu warten, dass die Zeit verging. Bis jetzt fand ich die Bewegung an der frischen Luft, neben dem Schreiben, für mich am besten. In den letzten Tagen fiel mir allerdings auf, dass ich mir wieder viel zu viele Sachen gleichzeitig aufhalste. Ich konnte mich nicht in Ruhe hinsetzen, um etwas zu Ende zu bringen. Ich wollte fernsehen, am PC schreiben, Bücher lesen, Kreuzworträtsel lösen, spazieren gehen, turnen, am PC spielen usw. Mein Zeitmanagement funktionierte absolut nicht – das war auch schon früher eines meiner Mankos. Sobald ich etwas begonnen hatte, wollte ich schon wieder etwas anderes machen. Ein weiteres Problem hatte ich dabei mit der Konzentration. Wenn ich am PC saß, um zu schreiben und eine meiner Lieben sah sich etwas im TV an, war Funkstille und mir fiel nichts mehr ein. Wenn ich dennoch versuchte, etwas Konstruktives hervorzubringen und mich anstrengte, musste ich nach kurzer Zeit abbrechen, da ich starke Kopfschmerzen davon bekam. Auch morgens beim Zeitunglesen hatte ich dieses Problem, lief noch das Radio nebenher, kam ich völlig durcheinander, da meine Gedanken sofort vom Lesen abschweiften und zwischen Wort und Schrift hin und her pendelten.

Geduld war vermutlich eine der Formeln, die mich weiterbringen würden, eine andere war »weniger ist oft mehr.« Sollte ich mir nämlich zu viel auferlegen und daher mit meiner Zeit nicht mehr klarkommen, würde es sinnvoll sein, Aktionen, die nicht so wichtig waren, zu streichen. »Eins nach dem anderen« war nun mein Weg, der mich ans Ziel bringen sollte.

21.01. – Tote Bäume

Ich war an diesem Tag voll motiviert. Die Sonne lachte zum Fenster herein und Gabi hatte uns ein Zwiebelschnitzel mit Spätzle gekocht. Ich freute mich schon darauf, dass es endlich vierzehn Uhr wurde und ich raus an die Sonne durfte (ich würde Gerhard bei meinem nächsten Besuch um eine Änderung der Ausgangszeiten bitten), mittags schien die Sonne um diese Jahreszeit am wärmsten. Gabi und ich starteten um Punkt vierzehn Uhr zu einer kleinen Wanderung auf unseren Hausberg. Wir kletterten über einen schmalen Steig, der im Norden der Stadt steil durch einen Wald bergan führt, zu einem Bauernhof. Der Wald war arg in Mitleidenschaft gezogen durch den frühen Wintereinbruch im vorigen Jahr. Der Schneedruck im November sowie ein Herbststurm hatten viele Bäume, die ihre Wurzeln noch nicht im Boden verankern konnten, da dieser noch nicht gefroren war, entwurzelt.

Es war wie bei mir, dachte ich während unseres Aufstiegs. Jahrelang hatte ich mich integriert und meine Wurzeln in verschiedensten Firmen fixiert. Langsam, und von mir nicht bemerkt, begann sich über ihnen das Erdreich zu lockern und sie hielten dem Druck, der plötzlich da war, nicht mehr stand. Nun genügte ein Windstoß und ich fiel.

Es schmerzte mich, die vielen Bäume zu sehen, die wie Mikadostäbchen verstreut im Wald herumlagen. Gefällt von »Kyrill«, jenem Herbststurm, der sich scheinbar wahllos und aus purer Zerstörungswut den einen oder anderen Baum gepackt hatte, um ihn aus dem Kreis seiner Familie zu reißen.

Beim Bauern angekommen, stiegen wir nach einer kurzen Apfel-Pause, die wir sehr genossen hatten, wieder ab. Vorher mussten wir noch eine Lichtung überqueren, auf der viel Schnee lag. Wir folgten daher einer Spur, die schon etwas ausgetreten war. Es war ein herrliches Gefühl, die Kraft der Sonne zu spüren, die unsere Kleidung durchdrang und uns wärmte. Hier zeigte sich die Natur wieder von ihrer schönen Seite.

Ohne Sonne wären wir nicht lebensfähig. Ohne Licht und ohne Wärme würden wir verwelken wie die Blumen im Spätherbst. Die Sonne durchbricht mit ihren Strahlen jede Dunkelheit, wärmt uns und gibt uns Hoffnung. Ich liebe die Sonne.

Schneerosen streckten ihre Köpfe den wärmenden Sonnenstrahlen entgegen. Zaghaft lugten die ersten weißen Knospen durch die Schneedecke. Gabi fand Gefallen an der Tatsache, dass zu diesem frühen Datum schon die ersten Blumen blühten. Doch laut Wetterbericht sollte sich das in ein paar Tagen wieder ändern. Darum: »Carpe Diem!« Vereinzelt trafen wir Menschen, die an diesem schönen Tag dem Ruf der Natur gefolgt waren und ebenso wie wir die Sonne genossen. Eine junge Dame führte ihren kleinen Hundewelpen, einen Golden Retriever, spazieren und man sah ihm die Freude an, die er dabei hatte. Mit wedelnder Rute begrüßte er uns und sprang an mir hoch. Ich musste lachen über so viel Freude und Energie.

Nein, ich schämte mich nun nicht mehr, dass ich bei schönem Wetter spazieren ging, um meine Energiezellen wieder aufzuladen, die ich in vielen Jahren im Verkauf geleert hatte. Ich musste auch die Probleme, die auf mich zukommen würden, sei es nun finanzieller oder sonstiger Natur, alleine meistern. Ich würde meinen eigenen Weg gehen und mir von niemandem mehr diktieren lassen, was ich durfte und was nicht. Ich musste mein Selbstvertrauen wiederfinden und zu dem stehen, was ich machte und machen wollte. Auch zum gut gemeinten Rat meines Vaters wollte ich wieder zurückfinden: »Erst denken, dann handeln.«

Meine emotionelle Seite hatte mir in meinem Leben schon genug Probleme bereitet. Vielleicht schaffte ich es, einen Job zu finden, bei dem ich viel Zeit in der Natur verbringen dürfte. Bei dem ich über die Schönheit der Natur berichten könnte. Das wäre mein Traum.

Zurzeit lebte ich meinen Traum!

23.01. – Runter vom Gas

Schön langsam fand ich das Herumsitzen und Warten auf das Gespräch mit dem Psychiater aufreibend. Ich kam mir vollkommen nutzlos vor. Vielleicht lag es auch am schlechten Wetter oder auch daran, dass ich wieder einmal um vier Uhr wach wurde. Ich hatte daher wieder Zeit – erneutes Einschlafen war meist nicht mehr möglich –, um nachzudenken, was mich vermutlich in diese Lage gebracht hatte.

Ich wusste aus vielen Gesprächen mit Kollegen von früher, dass sie genauso wie ich »am Semmerl« waren. Aber im Gegensatz zu mir drückten sie den täglichen Stress irgendwie durch, was mich immer und immer wieder zu diesen Fragen an mich selbst führte: »War ich zu schwach? Sah ich alles aus der falschen Perspektive? Würde ich je in meinem Leben noch irgendetwas auf die Reihe kriegen? Was wäre, wenn ich einfach abhauen würde?« Dieses mir ständige »Selbst-Fragen-Stellen« und keine Antworten darauf zu erhalten, zumindest keine positiven, zog mich immer wieder zurück in meine Depression. Aber es war mir unmöglich, damit aufzuhören.

72

In ruhigen Momenten, wenn ich nicht durch irgendeine Tätigkeit abgelenkt wurde, waren sie da. Sie wurden mir förmlich aus der Ecke der dunklen Gedanken serviert, um mich zu quälen.

Mag sein, dass auch die finanzielle Situation bei manchen Kollegen eine Rolle spielte, da einige von ihnen ein Haus gebaut hatten und ihre Kinder noch schulpflichtig waren. Wir hatten uns oft und lange über die Zustände im Handel unterhalten: die Öffnungszeiten, die immer mehr ausgeweitet wurden, die Umsatzziele, die immer weiter in die Höhe geschraubt wurden, das Anwachsen der Warenmengen und die Ignoranz der Zentrale über die Meinungen der Mitarbeiter zu Einkäufen von Billigprodukten aus Fernost. Der damit verbundene Arbeitsaufwand bei der Reparaturabwicklung dieser Produkte erhöhte den Druck auf die Verkäuferinnen und Verkäufer immer mehr. Man sollte hier im Speziellen auch einmal die Lage der Frauen im Handel betrachten. Die meisten von ihnen haben eine Doppelbelastung, da für viele noch der Haushalt zu führen war. Und waren auch noch Kinder zu versorgen, steigerte sich die Belastung zum Quadrat.

Aus diversen Gesprächen mit Lehrlingen, mit denen ich im Laufe der Jahre zusammengearbeitet hatte, ging hervor – natürlich nur intern, kein Lehrling würde es wagen, seine Eindrücke öffentlich zu machen –, dass manche schon nach kurzer Zeit überlastet waren. Da der Lehrling eine günstige Arbeitskraft darstellt, wurde er oftmals schon nach kurzer Einarbeitungzeit als vollwertige Arbeitskraft in allen Bereichen eingesetzt. Manche kamen klar damit, manche nicht. Die Ausbildung und Schulung der jungen Kräfte wurde hinten angestellt, »Learning by Doing« war das Zauberwort. Das tägliche Arbeitspensum, das immer mehr zunahm, ließ uns keine beziehungsweise nur kurze Gespräche mit den jungen Mitarbeitern führen. Teilweise war ich durch den Dauerdruck selbst schon so überfordert, dass Lehrlinge nicht mehr zu mir kamen, um mich um Rat zu fragen und sich so ersparten, angeschnauzt zu werden.

Es könnte passieren, dass diese Generation noch viel schneller in Burnout-Situationen kommen wird. Wie früher in den Goldminen von Alaska und der übrigen Welt suchten viele ihr Glück im Handel und freuten sich über einen Job. Doch mit der Unterschrift unter dem Lehrvertrag begann sich für einige schon die Spirale ins Burnout zu drehen, gewinnen war nur wenigen vorbehalten. Manche würden dem Druck standhalten, manche würden ihn lange durchhalten, aber viele würden Probleme bekommen, sollte nicht von den Konzernführungen und Firmenchefs entgegengewirkt werden. Das Ausbeuten der menschlichen Psyche und Leistungsfähigkeit ihrer Körper kann nur kurzzeitig zum gewünschten Erfolg führen. Einen Rennwagen dauernd auf höchster Drehzahl zu fahren und darauf zu hoffen, dass er das komplette Rennen übersteht, ist meiner Meinung nach der falsche Weg zum Ziel. Den arbeitenden Menschen mehr Pausen zu gönnen, wäre ein Weg, dieses Ziel zu erreichen. Dies ist aber nur möglich, wenn die Arbeitszeit jedes Einzelnen reduziert werden würde. Damit das aber machbar wäre, müsste man mehr Mitarbeiter einstellen. Die Problematik dabei wäre die wirtschaftliche Seite. Mehr Mitarbeiter bei gleichbleibendem Umsatz = weniger Gewinn! Und da würden kein Konzern und keine Firma der Welt mitmachen. Ganz im Gegenteil: Diese würden den Druck durch immer längeres Offenhalten der Geschäfte, um mehr Umsatz zu erzielen, und unter dem Deckmantel der Arbeitsplatzsicherung erhöhen.

Trotz längerer Öffnungszeiten wird sich der Umsatz aber nicht großartig verändern, sondern nur umverteilen. Im Normallfall hat nämlich keiner von uns mehr Geld zur Verfügung, um andauernd und zu jeder Zeit shoppen zu gehen, wie es sich manches Management wünschen würde. Vielleicht sollte man Betrieben, welche die »Kopfzahlen« in ihren Unternehmen zum Wohle der Mitarbeiter erhöhen, mit Senkung der Lohnnebenkosten entgegenkommen. Das dadurch entstandene Defizit in der Regierungskasse könnte man ja von einigen überbezahlten Managern einbehalten.

Was man aber aufgrund der ausgeweiteten Öffnungszeiten im Laufe der Jahre haben wird, sind grantige Verkäufer, die total überfordert sind, und Jugendliche, die ihren Freunden etwas anderes empfehlen dürften als eine Lehre im Handel, wo sie oftmals zum Lohn eines Lehrlings als vollwertige Arbeitskraft missbraucht würden. Ich hoffte inständig, mich in diesem Punkt zu irren, jedoch wenn ich bei meinen Spaziergängen in manche Geschäfte blickte, kam es mir vor, als hätte meine Vision bereits begonnen. Fröhliche Gesichter sahen anders aus, ich wusste das und konnte ein Lied

74

davon singen. Dass Gier auf die Dauer noch nie jemandem Glück und Wohlstand gebracht hat, ist ja hinlänglich bekannt.

Diese vielleicht subjektive Meinung von mir ergab sich aus Eindrücken, die ich aus zahlreichen Gesprächen mit Kolleginnen und Kollegen im Laufe der Jahre gewonnen hatte, wobei sich meine Beobachtungen in den letzten Jahren bestätigt hatten.

24.01. – Angst vor dem Wiedersehen

Viele Gedanken schwirrten an diesem Morgen in meinem Kopf umher. Ich hatte eine Vorladung für den 29. Jänner zum Chefarzt erhalten. Ich wusste nicht so recht, wie ich ihm meine Situation erklären sollte. Die Verkrampfungen im Kieferbereich hatten in den letzten Tagen wieder stark zugenommen. Ich wusste nicht wieso und was ich dagegen machen konnte. Nach dem autogenen Training – ich hatte mir ein Buch gekauft mit einer CD, die ich mir immer anhörte, wenn ich verspannt war – war alles bestens. Allerdings nach kurzer Zeit waren diese Gesichtsverspannungen wieder da. Ich konnte mich doch nicht dauernd darauf konzentrieren, dass dieses Phänomen nicht mehr eintrat. Was allerdings sehr viel besser geworden war, waren meine Probleme mit den Kniekehlen. Nur mehr ganz leichter Druck und nicht mehr dieses schmerzende Brennen war zu verspüren.

Ein weiteres Problem, das sich in den letzten Tagen auftat, war, dass vermutlich demnächst das Netzteil meines PCs seinen Geist aufgeben würde. Scheiß Technik. Ich überlegte an diesem Morgen, in der Firma vorbeizuschauen, um es umzutauschen. Aber ich traute mich nicht, meinen KollegInnen unter die Augen zu treten. Was sollte ich auf ihre Fragen antworten, die sie mir bestimmt stellen würden? Ich wusste doch selbst nicht, wie es mir wirklich ging. »Einmal gut, einmal schlecht, einmal ich weiß nicht, dann wieder so lala . . .«, würde doch absolut bescheuert klingen. Was aber definitiv feststand war, dass sie durch mein Ausscheiden wesentlich mehr unter Stress stehen würden, und das belastete mich sehr. Auch hatte ich Angst, dass einige Kunden im Geschäft sein könnten und mich zu meiner jetzigen Situation befragen würden.

Michaela aus der Buchhaltung hatte mich angerufen und mir mitgeteilt, dass sie an diesem Tag meine Abrechnung fertigmachen würde. Stefan und ich hatten uns auf eine einvernehmliche Kündigung mit »Wiedereinstellungsgarantie« für einen gewissen Zeitraum geeinigt. Sie rief mich noch zweimal an, um einige Details mit mir zu klären. Ich entschuldigte mich bei ihr für die Mühe, die sie durch mich hatte, aber sie sagte dazu nur, dass ich so schnell wie möglich wieder gesund werden sollte. Natürlich sind auch alle anderen in der Firma tolle KollegInnen, aber momentan sprach ich lieber am Telefon mit ihnen oder schickte ein E-Mail. Dieser Umstand machte mir sehr zu schaffen. Dadurch, dass ich es niemandem plausibel erklären konnte, was wirklich in mir vorging, hatte ich panische Angst davor, als Lügner dazustehen. Also blieb ich dem meisten, was mir einmal Freude bereitet hatte, fern und wartete zu Hause ab, ob sich das bessern würde. Außerdem konnte ich so niemandem die Möglichkeit geben, mich der Simulation zu beschuldigen.

Wegen des Netzteiles würde ich am Wochenende Tanja in die Firma schicken. Bis dahin musste ich halt jedes Mal, wenn es zu brummen beginnen sollte, einen leichten Schlag auf den PC ausüben. Wahrscheinlich wäre es vernünftiger gewesen, den PC einfach abzuschalten und mir selbst eine zu knallen. Nur, wie könnte ich dann alles aufschreiben? Mir gefiel die Wochenendlösung besser und ich schickte an Thomas ein Mail, dass er mir ein Netzteil reservieren sollte.

Draußen schien zwar die Sonne, aber es war empfindlich kalt. Sollte es am Nachmittag wärmer werden, würde ich einen Spaziergang machen und versuchen, etwas abzuschalten. Meinen Pulsmesser hatte ich mit einer neuen Batterie versehen, damit ich nicht beim Training meine Limits übersah. Wegen meiner Gehirnblutung von einst hatte ich in den letzten Jahren vermehrt ein ungutes Gefühl. Vor allem, da mir in letzter Zeit vorgekommen war, dass der Druck in meinem Kopf wieder zugenommen hatte. Oder war dies auch ein Symptom des Burnouts? Hoffentlich! Ich hörte aber in letzter Zeit mit großer Aufmerksamkeit in meinen Körper hinein, und da ich ja kein Arzt war, kamen mir kleine Veränderungen schon sehr besorgniserregend vor. Es konnte natürlich durchaus sein, dass ich mich dadurch zu einem Hypochonder entwickelte – aber Ärzte müssen ja auch von etwas

76

leben.

Der Spaziergang mit Gabi war toll und hatte mich wieder aufgebaut. Wir trafen unseren Schulwart, der uns oft in der Schule ermahnt hatte, auf dem Gang nicht so zu rennen. Er zog rüstig seine Spuren durch den gefrorenen Schnee, wir saßen auf einer Bank in der Sonne, als er vorbeikam. Er hielt kurz an und erzählte uns von früher, als er viele Bergtouren unternommen hatte und auch in Seilschaften geklettert war. Er war wirklich erstaunlich fit für sein Alter und seine Hinweise auf die heilenden Kräfte des Wassers und der Natur konnte ich nur bestätigen.

»Welch ein Hohn«, dachte ich mir. Erst jetzt, da ich älter wurde, kam ich dahinter, was mir gut tat und wie ich meine Akkus wieder aufladen könnte. Wenn ich schon früher des analytischen Denkens fähig gewesen wäre, würde ich vermutlich in diesen Tagen bei der Kripo arbeiten und nicht hier herumsitzen. Ich hoffte nur, dass ich mein Ablaufdatum noch nicht erreicht hatte und noch viel Zeit in der Natur verbringen durfte.

25.01. – Albtraum

Aufgewacht war ich fast wie immer kurz nach vier Uhr, aber diesmal schweißgebadet. Ich hatte einen fürchterlichen Albtraum, denn ich auch jetzt noch, mit offenen Augen, vor mir hatte.

Ich stand im Verkaufsraum hinter einem Pult. Es war aber nicht das Geschäft, wo ich zum Schluss beschäftigt war, sondern jenes, in dem ich als Angestellter begonnen hatte. Wir hatten drei Eingangstüren aus Glas und es war kurz vor Mittag. An das Gesicht jenes Kollegen, der mit mir im Verkaufsraum anwesend war, konnte ich mich aber nicht mehr erinnern, mir kam vor, ich hatte es in der ganzen Szene nie gesehen. Einige Kunden waren noch im Geschäft und ich versuchte, sie zum Gehen zu bewegen, da wir ja um zwölf schließen wollten. Bei den Fotoausarbeitungen stand ein Kunde und sah sich in aller Ruhe seine Bilder an. Ein lästiger Kunde aus meiner aktuellen Zeit hatte mich in der Mangel und machte keine Anstalten zu gehen. Ich wurde immer nervöser, denn ich wollte nach Hause, Gabi hatte das Essen immer pünktlich fertig und ich wollte nicht kalt speisen. Der Fotokunde zahlte und ging. Nur mein Kunde hatte keine Ambitionen dazu, obwohl ich ihm erklärte, dass wir in Kürze schließen würden. Stefan saß im Hintergrund in seinem Büro, das durch einen Vorhang vom Verkaufsraum getrennt war. Plötzlich stand Stefans Freundin Susi im Geschäft und hatte ebenfalls einen Kunden, den sie bediente, und sich dabei gut gelaunt, wie immer unterhielt. Ging meine Uhr falsch? Spielten mir alle einen Streich? Ich versuchte, den Geschäftsschlüssel aus meiner Hosentasche zu ziehen. Das ging aber nicht. Mein lästiger Kunde war plötzlich verschwunden. Dafür stand Michi aus der Buchhaltung neben mir und versuchte, mich zu beruhigen. Mir stand der Schweiß auf der Stirn. Alle Leute sahen plötzlich zu mir herüber, als wäre ich ein Verrückter. Dabei wollte ich nur nach Hause, damit das Essen nicht kalt würde. Mein Gesicht hatte ich leider oder auch Gott sei Dank, in meinem Traum nicht gesehen. Denn nun wichen alle Anwesenden mit weit aufgerissenen Augen vor mir zurück zum Hinterausgang. Endlich gelang es mir, die Türe zu versperren. Doch wie schon erwähnt, wir hatten drei! Es kamen bei den anderen zwei nun wieder Kunden herein, mit denen ich zu schreien begann ..., bis ich endlich aufwachte.

Ich konnte mich an keinen Traum erinnern, den ich so genau im Gedächtnis behalten hatte wie diesen. Ich war auch jetzt noch, beim Niederschreiben der Eindrücke aus meinem Traum, ganz aufgeregt. Es wäre interessant gewesen, diesen Albtraum mit jemandem zu besprechen, der sich in Traumdeutung auskennt.

Nach meinem morgendlichen Ritual (Frühstück, Zeitung, Körperpflege) brachte ich Kerstin zur Arbeit und wollte dann zu Gerhard, der wieder gesund war. Als ich hinkam, standen ca. vierzehn Personen vor der Ordination und vermutlich waren eben so viele drinnen. Ich machte auf dem Absatz kehrt und ging. Da ich kein körperliches Gebrechen hatte – was mir wesentlich lieber gewesen wäre – und ich mir sowie Gerhard und Brigitte keinen Stress machen wollte, war das meiner Meinung nach eine sehr gute Entscheidung. Ich holte Gabi von der Arbeit und wir fuhren zu einem Lebensmittelmarkt, in dem sie Verschiedenes besorgen wollte. Ich ging nicht mit hinein, sondern blieb im Auto und las mein neuestes Buch mit dem

Titel: »Gelassenheit beginnt im Kopf.« Was der Autor da an Situationen auflistet, traf den Nagel auf den Kopf. Ich fand das Buch hochinteressant und war so vertieft darin, dass ich gar nicht bemerkte, dass Gabi zum Auto zurückgekommen war.

Ich brachte sie nach Hause und machte mich nochmals auf den Weg in die Praxis. Dort angekommen hatte sich die Situation erheblich verbessert. Es standen nur mehr vier Personen vor dem Eingang zur Ordination. Als ich zu Brigitte vorgedrungen war und ihr sagte, dass ich zum »Boss« müsste, wies sie mich mit einem charmanten Lächeln darauf hin, dass noch sechzehn Patienten vor mir wären. Ich griff in die Tasche meiner Jacke und präsentierte ihr voll Stolz mein Buch »Gelassenheit ...« Sie schmunzelte und bat mich, es den Patienten, die schon länger warteten, zu zeigen, denn deren Stimmung war schon etwas gereizt.

Im Warteraum fand ich einen tollen Platz hinter der Tür – das ist kein Sarkasmus, ich habe mich wirklich darüber gefreut – auf einer grünen, weich gepolsterten Bank mit Rückenlehne. Fünf Patienten saßen im Warteraum, einige waren bereits in den Untersuchungsräumlichkeiten, die restlichen spazieren und trafen nach und nach ein. Und schon hatte ich wieder dieses Problem, dass ich mich nicht auf mein Buch konzentrieren konnte, da sich einige der Patienten neben mir miteinander unterhielten. Ich musste Abschnitte teilweise dreimal lesen, damit ich verstand, was da geschrieben stand. Ich fühlte mich nicht wohl in dieser Umgebung, obwohl mich keiner ansprach. Ich verbarg meinen Blick ohnehin hinter meinem Buch und wartete darauf, dass ich aufgerufen würde. Also mit meiner Gelassenheit war es zu jenem Zeitpunkt noch nicht sehr weit her. Nach circa einer Stunde kam ich zu Gerhard ins Sprechzimmer. Wir unterhielten uns ganz locker und ich fragte ihn, wie er so schnell wieder auf die Beine gekommen war.

»Es war nicht so schlimm«, war seine Antwort, »nur etwas erhöhte Temperatur.« Als ich an das volle Wartezimmer dachte, wusste ich, wovon er sprach.

»Ich fühle auch bei mir eine leichte Besserung in meinem Befinden. Der

79

Blutdruck hat sich stabilisiert, der Schmerz in der Schulter ist weniger geworden und die Verspannungen im Kreuz treten nicht mehr so häufig auf«, ließ ich ihn wissen.

Das freute ihn sichtlich. Wir sprachen noch über einige kleine Details, und er schrieb mir einen Brief für meinen Chefarztbesuch, der in den nächsten Tagen zu erfolgen hatte. Außerdem notierte er noch unbegrenzten Ausgang auf meiner Krankmeldung, damit ich auch in der Mittagszeit, wenn es schön warm war, spazieren gehen konnte. Ich sprach mit ihm noch über mein Problem mit dem Kiefer, der sich immer wieder stark verkrampfte. Leider konnte er mir diesbezüglich nicht weiterhelfen und empfahl mir, dieses Thema mit dem Psychiater in Schladming zu besprechen. Ich würde das tun, sagte ich zu ihm, verabschiedete mich und verließ die Ordination.

26.01. – Stimmungsschwankungen

Gabi wirkte in letzter Zeit sehr angespannt. Sie kam so wie ich mit der Situation nicht wirklich zurecht. Unsere Gespräche waren in den letzten Tagen nicht von Harmonie begleitet und das lag sicher großteils an mir. Mir war aufgefallen, dass ich mein Leben und die Entscheidungen, die damit zusammenhingen, zu sehr von dem Gespräch in Schladming Anfang Februar abhängig machte und deshalb in einer Warteschleife verharrte. Ich saß nur mehr herum und wartete. Alle gefassten Vorsätze waren weg. Ich hoffte, zu einem Guru zu pilgern, der nur mehr mit dem Finger zu schnippen brauchte und mich heilen könnte. Ich sehnte den Tag unserer Zusammenkunft förmlich herbei. Es war unglaublich, welche Luftschlösser ich mir in Gedanken ausmalte, in der Hoffnung, diesen Albtraum so rasch als möglich zu beenden. Wenn ich dann in einer meiner Ruhephasen darüber nachdachte, was ich mir alles erhofft hatte, kam ich wieder auf den Boden der Realität zurück, und es lag die Vermutung nahe, dass sich schön langsam mein Verstand von mir verabschiedete. Ich sollte mehr Initiative zeigen und versuchen, mein Schicksal selbst zu steuern, aber es fehlte mir einfach die Kraft oder aber auch der Wille dazu. Ich verrannte mich dabei in ausweglose Situationen, in denen es dann weder vorwärts- noch rückwärtsging. Erschwerend kam noch hinzu, dass ich in dieser Phase der Krankheit starken

Stimmungsschwankungen ausgesetzt war. Da wurde mein Vorsatz, positiv zu denken, schnell einmal ins Nirwana geschickt, wenn es mir passte. Dabei wollte ich das gar nicht. Ich war zeitweise der Meinung, von irgendetwas in mir gesteuert zu werden. Nur um ein Beispiel zu nennen, wie sich das auswirken konnte: Gabi kam in jenen Tagen von der Arbeit nach Hause und sah mich beim Abnehmen der Wäsche im Wohnzimmer. Ihre einfache Frage lautete: »Hast du die Handtücher auch ordentlich gezogen, damit sie nicht so verknittert sind?« Nachdem ich das nun schon längere Zeit machte – ja, ich half Gabi bei der Hausarbeit –, fühlte ich mich in meiner Ehre dermaßen gekränkt, dass ich das Handtuch hinwarf und zornig, wie ein kleines Kind, ins Schlafzimmer rannte. Dort schlief ich vom Weinen völlig erschöpft eine gute Stunde tief und fest. Gabi war natürlich gleich nachgekommen und hatte sich entschuldigt, aber mir war das egal, ich sprach kein Wort mit ihr. Nach dieser Stunde stand ich auf, ging in die Küche zu Gabi und teilte ihr achselzuckend mit, dass ich keine Ahnung hatte, was dieser Ausbruch von vorhin sollte. Nur eines war mir auf diese Weise bewusst geworden. Im Ernstfall wusste ich nie, was in mir vorging und was im nächsten Moment passieren könnte. Eine kleine Bemerkung konnte eine große Wirkung erzielen. Es passierte alles wie von Geisterhand gesteuert und ich hatte keinen Einfluss darauf. Bekannt war allerdings, dass ich ein sehr sensibles Modell Mann bin, das, wie man so schön sagt, relativ nahe am Wasser gebaut ist.

Am Abend waren wir bei meiner Schwester und meinem Schwager zu einem Geburtstagsessen für Gabi eingeladen. Andy hatte einen Nudeleintopf mit Gemüse und Hühnerfleisch gekocht, der fantastisch schmeckte. (Nochmals ein großes Lob an unseren Gourmetkoch.) Gabi liebt Nudelgerichte über alles, und da war es für Andy ein Leichtes, sie mit einer ausgefallenen Kreation zu verwöhnen. Sie hatten sich sehr viel Mühe gemacht und auch den Tisch wunderschön gedeckt. Solche schönen Abende gab es bis jetzt nicht viele für mich, darum genoss ich ihn, und auch Gabi war sehr entspannt. Wir spielten noch Karten, um unsere Segelkasse aufzufüllen, und sprachen dabei über unseren Törn, den wir für Sommer geplant hatten. Ein sehr netter, geselliger Abend ging um elf Uhr nach einem hervorragenden Essen und einigen Gläschen Wein zu Ende.

27.01. – Ein windiger Tag

Das Wetter war grau, regnerisch und sehr stürmisch. Ich hatte trotzdem gut geschlafen und war erst um sieben Uhr aufgewacht. (Sensationell!) Beim Frühstück sorgten Meldungen im Radio über schwere Sturmschäden und gesperrte Straßen in der Steiermark für ein ungutes Gefühl in der Magengegend. Gabi und ich wussten beide, dass Tanja und Kerstin noch nach Hause fahren mussten, sie hatten bei Christoph und seinen Eltern übernachtet. Ich motivierte Gabi, mit mir positiv zu denken und erklärte ihr, dass Tanja schon vorsichtig fahren würde und das Auto beherrschte. Als sie uns dann ein SMS schickte, in dem sie uns mitteilte, dass sie bei Christoph noch zum Essen eingeladen waren und daher erst Nachmittag kommen würden, war uns etwas leichter. Wir gingen davon aus, dass sich der Sturm bis dahin beruhigt hatte. Und auch meine Theorie war wieder gestärkt worden. »Es kam, wie es kommen musste.« Plötzlich fiel der Strom aus und wir saßen im Halbdunkeln. Da Lesen nicht sehr sinnvoll war, bewegte sich Gabi auf dem Heimtrainer. Und ich begab mich ins Wohnzimmer, um meine Turnübungen zu absolvieren. Dabei fiel mein Blick aus dem Fenster, wo ich mit ansehen musste, wie der Sturm die Bäume bog und einige Äste durch die Luft wirbelte. Ich machte mir nun große Sorgen um unsere Mädchen, trotzdem zwang ich mich, positiv zu denken. Ich saß gerade vor dem Fernseher – der Strom lief inzwischen wieder durch die Leitungen – und sah ein Schirennen, als ein fröhliches Hallo aus dem Vorraum mich sehr erfreute. Sie waren gut angekommen, und Tanja hatte auch ihren Freund Christoph mitgebracht. Gabi war überglücklich und machte gleich Kaffee und Tee. Am späteren Nachmittag brachte ich die beiden zum Zug, da sie wieder zur Schule – nach Leoben und Graz mussten. Nun sah ich das ganze Ausmaß der Zerstörung in unserer Stadt. Überall lagen Äste auf den Straßen und auf dem Sportplatz war eine ganze Reihe Plakatwände dem Erdboden gleichgemacht worden. Werbefahnen von Firmen hingen in den Hochspannungsleitungen. Die Natur hatte wieder einmal ihren Zeigefinger erhoben. Diese Naturereignisse nahmen in den letzten Jahren an Intensität und Häufigkeit zu. Wir sollten daher gemeinsam alles Menschenmögliche unternehmen, um die Natur zu schützen und sie von Umweltgiften zu entlasten.

Und da ich gerade von Giften spreche. Die Tabletten halfen mir zwar, nicht mehr so negativ zu denken, doch ewig wollte ich sie nicht nehmen. Ab und zu kam mir der Gedanke, dass ich mich mit Drogen vollstopfen würde und für immer in einer Scheinwelt gefangen sein könnte. Wie gesagt, je mehr Zeit ich hatte nachzudenken, desto blödsinnigere Gedanken sammelten sich in meinem Gehirn. Irgendwie hatte ich aber auch Angst davor, was passieren würde, wenn ich die Medikamente – natürlich nur unter Aufsicht und Anweisung eines Arztes – absetzen sollte. Es hatte aber vermutlich wenig Sinn, jetzt schon darüber nachzudenken, denn es würde noch ein weiter Weg sein auf meiner Reise.

29.01. – Besuch beim Chefarzt

Um zehn Uhr traf ich in der Gebietskrankenkasse ein, der Warteraum war berstend voll. »Na toll«, dachte ich mir und nahm in einer Ecke Platz. Diesmal hatte ich nichts zu lesen dabei und betrachtete deshalb die Pflanzen im Warteraum und den Boden sowie teilweise und vorsichtig, ja fast schüchtern, die Leute, die kamen und gingen. Ich las in einigen Broschüren der Pensionsversicherungsanstalt, ob eine Pension in meinem Fall möglich wäre. Doch Folder drei, in dem man lesen könnte, wie man sich im Krankheitsfall zu verhalten hatte, sollte es einem nicht mehr möglich sein, einer Beschäftigung nachzugehen, war nicht mehr verfügbar. War ja klar! Nach eineinhalb Stunden des Wartens war ich an der Reihe. In letzter Zeit fiel mir auf, dass mir das Warten nichts mehr ausmachte, vermutlich, da ich ja jede Menge Zeit dazu hatte.

Der Chefarzt saß an seinem Schreibtisch am Fenster und ihm gegenüber seine Sekretärin. Er war ein südländischer Typ, der sehr gut Deutsch sprach, aber nicht immer verstand, was man zu ihm sagte. Ich übergab ihm seine an mich gesandte Einladung sowie das Schreiben von Gerhard, in dem mein Krankheitsbild erläutert wurde.

»Hallo, setzen Sie sich bitte und erzählen Sie mir, wie geht es Ihnen«, war sein vermutlich oft gesprochener Eröffnungssatz zur Gesprächsanbahnung.

»An diesem Tag geht es mir nicht so gut. Ich fühle mich müde und abgespannt. Ich leide in letzter Zeit sehr an Schlafstörungen. Auch ein Ziehen im Magen macht sich schon den ganzen Vormittag bemerkbar. Wird vermutlich von den Tabletten kommen, die ich nehmen muss«, war meine selbst gestellte Diagnose, nachdem ich Platz genommen hatte.

»Wie haben sich die Symptome denn geäußert, die zu Ihrer Depression geführt haben?«

Er wählte meiner Meinung nach absichtlich nicht den Wortlaut Burnout, obwohl es in dem Bericht stand, den ich vorgelegt hatte. »Once again, Sam«, dachte ich mir und erzählte meine Geschichte erneut in etwas abgespeckter Form. Die letzten Jahre ließ ich aus und behandelte statt dessen die letzten Monate im Verkauf.

»Wie meinen Sie das – ausgezuckt?«, fragte er nach, als ich ihm das Finale schilderte, und er sah mich dabei argwöhnisch an.

»Na ja, wie ich gesagt habe; ausgezuckt, laut geworden, den Kunden angebellt«, brach es aus mir leicht aufgeregt hervor.

Er sah mich etwas von der Seite an (ich liebe es, wenn ich schräg von der Seite angesehen werde) und begann dabei sein Plädoyer über Psychosen und Scheinpsychosen.

»Es ist erwiesen, dass es bei depressiven Verstimmungen das Beste ist, so bald wie möglich wieder die Arbeit aufzunehmen. Je länger man damit wartet, umso schwieriger ist die Wiedereingliederung in das Berufsleben. Manche Psychiater, wie auch der, zu dem Sie überwiesen wurden, bevorzugen allerdings die längere Variante mit Klinikaufenthalt. Ich möchte Ihre Hoffnungen nicht zu sehr schüren und kann Ihnen schon jetzt sagen, dass Sie so schnell keinen Therapieplatz erhalten werden. Zudem wird es die Kasse nicht unterstützen, sollte es auch eine andere Möglichkeit der Genesung geben. Das Beste wird sein, wenn Sie Mitte Februar wieder zu arbeiten beginnen. Eineinhalb Monate ›Urlaub‹ dürften genügen, damit Sie sich erholt haben.«

84

Mit diesen Worten beendete er seinen Ausflug in die Welt von Sigmund Freud und seine Sekretärin begann, einen Bericht zu tippen.

Hatte ich einen Hörfehler? War ich wieder in einem Traum gefangen? Es musste wohl so sein, denn ich hatte »Urlaub« und hatte das gar nicht mitbekommen. Und doch, jetzt wo der liebe Herr Doktor es mir sagte: Jeden Tag hörte ich das Meer rauschen oder war es nur mein Blutdruck, der das Rauschen in meinen Ohren erzeugte, das dem Klang des Meeres so ähnelte? Täglich spürte ich die salzigen Fluten auf meiner Haut oder waren es nur die Tränen, die mir oft, wenn ich nicht mehr weiterwusste, über mein Gesicht liefen? Und die Strahlen der Sonne, die mich so wunderbar wärmten, aber nicht bräunten, waren nur ein roter Fleck auf meiner Stirn, der immer brennend heiß wurde, wenn ich nervös wurde. Doch keiner konnte mir sagen, woher dieses Mal kam.

Ich nahm meine ganze Beherrschung, die ich aufbringen konnte, zusammen und sagte: »Ich kann mir beim besten Willen nicht vorstellen, dass ich Mitte Februar schon so weit bin.«

»Dann bringen Sie mir einen Bericht von diesem Psychiater, zu dem Sie überwiesen wurden, dann sehen wir weiter«, kam es in einem Tonfall zurück, den ich schon kannte.

Es war dieser Tonfall, den ich selbst in letzter Zeit oft benutzt hatte, wenn mir ein Kunde egal war und es mir lieber gewesen wäre, er ließe mich in Ruhe. Genauso schien es auch ihm egal zu sein, womit ich zu kämpfen hatte und was ich im Moment durchmachen musste. Die Form wahrend verabschiedete ich mich von ihm und der anwesenden Dame und verließ den Raum.

»Bis zum nächsten Mal«, ließ ich aber noch im Raum stehen, mit einem Unterton, den er sicher richtig zu deuten wusste.

Einen Vorteil hatte der Besuch ja, wenn man in jedem Nachteil auch einen Vorteil finden konnte. Ich wusste nun, wie es sich anfühlte, so herablassend behandelt zu werden. Es tat mir nun leid, wie ich mit einigen Kunden umgesprungen war, nur weil es mir nicht gut ging. Auch zu Hause war sicher die eine oder andere missglückte Aktion von mir mit diesem Ergebnis menschlichen Versagens behaftet gewesen. Aufgewühlt und zornig verließ ich die Gebietskrankenkassa-Außenstelle. In letzter Zeit hatte ich sehr viel mit Ärzten zu tun gehabt und wurde dabei immer gut behandelt. Gott sei Dank waren nicht alle so wie ihr »Chef.«

Ich war froh, nach einem kurzen Spaziergang wieder in unserer Wohnung zu sein. Gabi begrüßte mich fröhlich und bat mich, ihr alles genau zu schildern. Als ich mit meinen Ausführungen geendet hatte, meinte sie, ich soll mir das Gerede dieses unter Anführungszeichen »Chefarztes« nicht so zu Herzen nehmen. Beim Erzählen war ich in Rage geraten, da er mich meiner Meinung nach als Lügner behandelt hatte. So eine ernsthafte Erkrankung simuliert man nicht, da steht einfach zu viel auf dem Spiel. Das hatte mit einer Schularbeit, bei der ich in jungen Jahren eine Grippe vortäuschte und zu Hause geblieben war, nichts gemeinsam. Vor allem der Punkt mit dem Urlaub brachte mich total auf die Palme. Unter einem Urlaub konnte ich mir bildlich was anderes vorstellen, obwohl meine Phantasie zurzeit durch die Medikamente sehr gebremst wurde.

Ich legte mich auf unsere MR-Matte und versuchte, mich zu entspannen. Danach sah ich meine E-Mails durch. Michi hatte mir geschrieben, dass sie die Abrechnung geschickt hatte. Und wieder bekam ich einen dumpfen Schlag in meine Magengrube, als ich die Summe auf meinem Lohnzettel sah. Diese trug nicht dazu bei, meine finanzielle Situation zu entschärfen – ganz im Gegenteil. Entweder war ich wirklich so blöd, dass ich immer wieder in meinen Vorstellungen zu hoch griff, oder ich lebte in einer Scheinwelt, in der die Wirklichkeit von mir abprallte. Ich dachte immer zu weit voraus und meist in den falschen Dimensionen, legte mir deshalb oft großen Druck auf meine Schultern. Der Spruch: »Erstens kommt es anders – zweitens als man denkt« könnte von mir sein. Vielleicht sollte ich lieber ein Märchenbuch verfassen, da könnte ich mir ein Happy End reinschreiben, sollte ich mit dem Ausgang der Geschichte nicht zufrieden sein.

86

30.01. – Zurück in die Firma

Ich hatte einen Termin in der Firma, bei dem ich meine Papiere erhalten sollte. Es war das erste Mal seit dem 8. Jänner, dass ich meine KollegInnen wieder treffen würde. Vermutlich war ich auch deshalb schon wieder um fünf Uhr morgens wach und ließ den Besuch vor meinem geistigen Auge ablaufen.

Wie würden sie reagieren? Was würden sie mich fragen? Würden alle wissen, was mit mir los war? Würden sie mich bemitleiden oder dafür hassen, dass ich nicht mehr zur Arbeit gekommen war und sie im Stich gelassen hatte?

Überpünktlich, sprich zehn Minuten zu früh, kam ich in der Firma an. Ich hatte ein mulmiges Gefühl, als ich die Treppe hinaufstieg. Am Point of Sale, wie das Kassenpult auf Neudeutsch genannt wurde, stand Beate, der Lehrling, und bediente einen Kunden. Ein freundliches »Hallo« begleitet von einem Lächeln schwebte mir entgegen. Ich schaute in die Technik, um Hans zu begrüßen. Er nahm mich nicht wahr, da er gerade telefonierte. »Oder er wollte mich nicht wahrnehmen«, fuhr es mir durch den Kopf. Als ich mich umdrehte, um wieder in Richtung Büro zu gehen, kam eine langjährige Kundin über die Stiege. Ich war unsicher, wie ich mich verhalten sollte, aber ich hatte ja meine Freizeitjacke an und sie würde doch sehen, dass ich privat hier war. Endlich, Stefan kam die Treppe hoch und wir begrüßten uns. Er nahm seine Unterlagen und wir begaben uns ins Kaffeehaus (ohne Betonung auf das »K«). Diesmal war unser Treffen schon wesentlich entspannter, da ich seine Absichten kannte. Er erklärte mir kurz, wie die Dinge laufen würden und welche weiteren Schritte ich machen sollte. Ich wusste nun, warum Susi ihren Stefan im August heiraten würde. Er ist ein herzensguter Mensch und ich würde mich bemühen, ihn und die KollegInnen nicht zu enttäuschen. Er hatte mir kein Zeitlimit gesetzt, Druck hatte ich so schon genug, sondern drei Monate einmal angenommen. Ich wusste natürlich nicht, wie das Burnout bei mir verlaufen würde. Ich las und hörte dazu tausend verschiedene Meinungen – wahrscheinlich waren es in Wirklichkeit Millionen. Wir sprachen noch ein wenig über seinen kleinen Sohn Eric, der ihn auch schon auf Trab hielt, und Susi seine zukünftige Frau. Danach musste ich gehen, da ja meine Frau bald Dienstschluss hatte. Vorher wollte ich nochmals Hans besuchen, um zu sehen, wie er auf mich zu sprechen war. Entgegen meinen Erwartungen lächelte er mich an und wir unterhielten uns kurz. Auch unseren »Ossi« besuchte ich noch in seinem Refugium hinter der großen Glasfront. Rene macht das Assembling und ist ein lustiger und sehr netter Typ. Thomas »Immergutdrauf«, unser Lehrling, stand bei ihm und hatte gerade ein Notebook verpackt, um es zum Service zu schicken. »Show must go on«, sagt er zu mir und lächelte süßsauer.

Ich war froh, dass ich diesen Besuch in der Firma gemacht hatte und ich mir meiner Gefühle nun bewusst war. Beim besten Willen konnte ich mir nicht vorstellen, meine Sachen an die Garderobe zu hängen und in den Verkauf zu gehen. Als ich die Pakete auf dem Weg in die Technik stehen sah, wusste ich, dass es noch eine Weile dauern könnte, bis mich das nicht mehr berühren würde. Ich dachte einerseits, dass mich meine KollegInnen dringend brauchen, hatte aber andererseits die Gewissheit, dass der Wille allein, ihnen zu helfen, zu wenig war.

31.01. – Mein Geburtstag

Nach einem tollen Frühstück, das Kerstin mir aufgetischt hatte, fühlte ich mich sehr gut. Das weich gekochte Ei schmeckte hervorragend, der frisch gepresste Orangensaft war ausgezeichnet und der Kaffee sowie die Buttersemmel vom Feinsten. Auch eine liebe Geburtstagskarte, die sie selbst am Computer gestaltet hatte, lag bei den Geschenken. Mir wurde ganz anders und ich überspielte meinen Kampf, den Tränen freien Lauf zu lassen, mit gekünsteltem Humor. Meine ganze Familie gab sich solche Mühe, mich aufzuheitern und mich zu unterstützen. In solchen Situationen war es für mich ganz schwer, die Fassung zu bewahren. Gestern Abend hatten bereits meine ehemaligen und langjährigen KollegInnen zu einer kleinen Feier geladen und sich sehr viel Mühe mit einem tollen Geschenkpaket gegeben. Sie hatten mir ein »EURO 2008«-Package, mit allem was dazugehörte, kreiert. Vom Österreich-T-Shirt mit Fahne über Sekt zum Feiern oder einem Magenbitter, wenn es einmal nicht so läuft, sowie Chips, Popcorn und Bier war alles inkludiert. Aber genau wie zu Hause war mir die Geselligkeit im

Kreis lieber Menschen wichtiger, und dass ich mit ihnen über alles reden konnte, was mich berührte. Das war für mich das schönste Geschenk.

Materielles wird im Allgemeinen überbewertet. Freundschaft und Liebe kann man nicht kaufen und das sollte und wird auch für immer so bleiben. (Trotzdem – Daaaanke)

01.02. – Faschingsbeginn

Um zwei Uhr morgens wachte ich auf. Nach einem kurzen Besuch auf dem Wasserwerk (Toilette) hatte ich dann bis acht Uhr durchgeschlafen. Herrlich! Aber es konnte doch nicht sein, dass ich jedes Mal zwei oder drei Bier trinken musste, damit ich schlafen konnte. Denn abgesehen von den Kosten konnte das auch nicht gesund sein.

Die Geburtstage von Gabi – sie hatte drei Tage vor mir und es war auch sehr gemütlich – und mir waren vorbei. »Nun würde wieder Ruhe einkehren«, dachte ich. Der Fasching, der an diesem Tag mit der Öffnung der Bars so richtig starten würde, war schon längere Zeit nicht mehr mein Ding. Früher war ich oft und ausgiebig mit Freunden und Bekannten unterwegs, und so manche Bar wurde, bis der Morgen graute, unsicher gemacht. Ich hatte immer viel Spaß am närrischen Treiben, aber seit einigen Jahren wurde es für mich immer mehr zum Kampf, mich dafür zu motivieren. Wo manche in gut gefüllten Bars erst richtig zur Höchstform der Kommunikation aufliefen, bekam ich keinen Fuß mehr in die Tür. Panik machte sich bei mir breit angesichts der Menschenmassen und ich suchte immer öfter einen Ausweg, mich bei meinen Bekannten für mein Nichterscheinen zu entschuldigen. Meistens wurde ich einfach »krank.«

Es schmerzte mich schon, dass ich mich so ins Abseits stellte. Ich dachte oft: »Mach mit, mach diesen einen Schritt zum Spaß.« Aber mir war, als ob meine Beine am Boden festkleben würden und ich konnte psychisch wie physisch keinen Schritt machen. Dadurch wuchs meine Verbitterung. Mit der Verbitterung kam sehr rasch die Vergesslichkeit und ich sah alles durch falsche Augen. Irgendwann war ich so weit, dass ich alles, was anderen Spaß machte, nur mehr für Schwachsinn hielt. Ich wetterte gegenüber der jungen Generation, dass sie nur mehr ans »Saufen« denken würde und zu einer Spaßgesellschaft verkommen wäre. Doch als ich nun wieder richtig hinsah, sah ich auch mich in jungen Jahren. Und es war eine schöne, eine lustige Zeit, die es wert war, gelebt zu werden.

Ich wollte meine Augen wieder öffnen und lernen zu sehen. Als verbitterter Griesgram nahm ich mir jede Lebensqualität und das war nicht gut. Ich wollte zuhören, wenn die Kinder von ihren Erlebnissen berichteten. Nicht immer mit Belehrungen eingreifen. Sie machten ihre Fehler, genauso wie ich meine gemacht hatte. Einige wusste ich an jenem Tag noch, andere hatte ich vergessen.

02.02. – Ein Tief zieht durch

Ein Tief zog durch. Sowohl wettermäßig als auch stimmungsmäßig. Ich verstand das Ganze schön langsam, aber sicher überhaupt nicht mehr. Vor Kurzem noch voll motiviert, mangelte es an diesem Tag an allen Ecken und Enden. Es war absolut keine positive Einstellung vorhanden. Ich war aber nicht aggressiv, sondern nur teilnahmslos und lustlos. Vielleicht doch ein Hinweis darauf, dass Gabi und Tanja gestern Spaß hatten und ich mich eingesperrt fühlte, da ich nicht über meinen Schatten springen konnte.

Am Nachmittag, als die beiden sich etwas hingelegt hatten, zog ich mich warm an und ging eine Runde spazieren. Ich wollte auf andere Gedanken kommen. Gleich in der Nähe unserer Wohnung veranstalteten einige Bekannte von mir einen »Er und Sie Lauf.« Das war eine Veranstaltung, bei der man mit Schiern, »maskiert« einen Hang befährt und dabei Aufgaben zu lösen hatte. Sowohl mit Schiern als auch ohne. Es herrschte eine ausgelassene Stimmung und das Lachen aller Teilnehmer war weithin zu hören. Auch Gabi und ich waren eingeladen, aber ich wollte nicht hingehen, da meine Angst zu groß war, als Spaßbremse zu fungieren. Deshalb passte ich auf, dass ich von niemandem gesehen wurde, und wich dem lustigen Treiben großräumig aus.

War ich schlecht drauf, fühlte ich die Anspannung wesentlich stärker, wenn

90

ich unter Menschen ging. Ich wollte versuchen, irgendetwas zu finden, das mich entspannte, wenn ich in solche Situationen kommen würde. Ich dachte in jenem Moment an die Aussage eines guten Freundes, der auf seine eigene Art und Weise Ursachenforschung über meinen Zustand betrieben hatte: »Vielleicht hat es damit zu tun, dass du mit dem Rauchen aufgehört hast.« – Was ich natürlich entschieden verneinte.

04.02. – Beim Psychiater

An jenem Tag hatte ich den lange erwarteten Termin bei einem Psychiater in Schladming. Ich bat Gabi am Vorabend, mir den Wecker auf sieben Uhr zu stellen. Und wie in alten Zeiten piepste der Wecker, so als wäre alles ganz normal und nichts geschehen. War es aber nicht.

»47 Jahre und ein Fall für den Psychiater – weit hast du es gebracht!«

Im Treppenaufgang zur Ordination krampfte sich diesmal mehr als nur der Magen in mir zusammen. Eine unangenehme Nervosität befiel mich und am liebsten wäre ich davongelaufen – trotz der Hoffnungen, die ich in das Gespräch gesetzt hatte.

Wie würde so ein Gespräch ablaufen? Würde er mir viele Fragen stellen? Unangenehme Fragen? Würde er auf meine Probleme eingehen, die ich ihm erzählen wollte? Würde er merken, wenn meine Antworten nicht ganz ehrlich waren? Würde er mich in die Landesnervenklinik in Graz einweisen und ich könnte meine Familie daher lange Zeit nicht mehr sehen?

Fragen über Fragen nisteten sich in meinem Kopf ein. Zwei Damen waren vor mir am Empfang und die Sprechstundenhilfe am Telefon. Während ich wartete, sah ich mich etwas um. Es waren sehr helle und freundliche Räumlichkeiten. Alles wirkte aufgeräumt und es herrschte zu meiner Überraschung eine angenehme Atmosphäre. Leise Musik war im Hintergrund zu hören. Als ich an der Reihe war, wurden meine Daten aufgenommen, und die Dame fragte mich, ob ich ein Problem damit hätte, etwas zu warten. Es würde noch gut eine Stunde dauern, bis ich an der Reihe wäre. Ich verneinte

– meine erste nicht ehrliche Antwort – und ging etwas spazieren.

Im Prinzip wäre es mir schon lieber gewesen, wenn ich es gleich hinter mir gehabt hätte, aber ich wollte keinen Stress machen. Auf meinem Weg zurück in die Ordination sah ich noch den Schladminger Faschingsrat, angeführt von einem Harmonikaspieler. Die Kinder hüpften vor ihm her und freuten sich darüber, dass es Süßigkeiten gab. Ich wechselte die Straßenseite und sah zu, dass ich wegkam.

Nach einer kurzen Wartezeit in der Praxis holte mich der Doktor persönlich zu sich ins Zimmer. Er setzte sich hinter seinen Schreibtisch und bat mich, auf einem Stuhl Platz zu nehmen. Keine Couch? Er war ganz normal gekleidet: mit hellem Hemd, leichtem Leinensakko und heller Hose. Er bat mich, ihm zu erzählen, wie es mir ginge und wie ich mich fühlte. Ich erklärte wieder einmal, wie alles begonnen hatte, wobei er mir aufmerksam zuhörte und von Zeit zu Zeit eine Notiz auf einen Zettel schrieb. All meine Probleme mit meinem Kiefer, der »Träne« auf meiner Wange, der Vergesslichkeit, den Konzentrationsstörungen schilderte ich. Er notierte weiter, ging aber nicht auf meine Ausführungen ein, dafür ich etwas mehr ins Detail. Ich erzählte von meinen Problemen mit einigen Kunden und dem Verkauf der Computer, und auch, dass es privat immer häufiger zu Auseinandersetzungen gekommen war, verschwieg ich ihm nicht. Er stellte mir einige Zwischenfragen, die ich aber ehrlich beantworten konnte.

Nun war die Zeit für seine Ausführungen zu meiner Situation gekommen. Allerdings fielen sie nicht so aus, wie von mir erhofft. Er erklärte mir, was es mit der Ausschüttung des Stresshormons »Cortisol« in meinem Gehirn so auf sich hatte, und dass wir die Glückshormone »Serotonin« anheben müssten. Er gab mir den sicher gut gemeinten Ratschlag, meinen Beruf noch nicht aufzugeben. Ich würde wohl ein guter Verkäufer sein, wenn mein Chef mich wieder aufnehmen würde, nachdem ich geheilt war. Auch könnte ich noch versuchen, in einem anderen Handelsunternehmen, bei dem es nicht so stressig zugehen würde, Fuß zu fassen. Eventuell im Autohandel. – Wie bitte?

Wir unterhielten uns über die weitere Vorgehensweise in medikamentöser

92

Hinsicht – von der Dosis-Erhöhung der Trittico-Tabletten riet er mir im Moment ab, ich sollte noch ein wenig Geduld haben, die Entspannungsübungen würden sicher hilfreich sein. Er gab mir eine Broschüre von einem Klinikum bei Graz in die Hand, die spezialisiert wäre auf Burnout-Fälle. Ein sechswöchiger Aufenthalt wäre dort zu absolvieren, den er mir aufgrund meines Zustandes sehr empfehlen könnte. Ich fragte ihn, ob ich das noch überdenken und mit meiner Familie besprechen dürfte.

»Überlegen Sie es sich in Ruhe und melden Sie sich wieder bei mir, wenn Sie diesen Weg gehen möchten.«

Damit war unsere Sitzung auch schon beendet und ich verabschiedete mich nach etwas mehr als 30 Minuten – ohne Antworten auf die meisten meiner Fragen und Probleme. Rötung der Stirn hatte ich natürlich wieder vergessen in meiner Aufregung. Ich war enttäuscht. Auch hier hörte ich wieder, was ich in letzter Zeit schon oft gehört hatte, dass alles seine Zeit braucht und es nicht von heute auf morgen werden würde, wie ich es mir wünschte. Auf dem Weg zu meinem Wagen dachte ich über alles nach, was er mir gesagt hatte und ich war gleich schlau wie vor diesem Besuch. Konnte ich es alleine schaffen oder musste ich in die Klinik? Und wie wäre es mit Bad Aussee? Verdammt, auch das hatte ich wieder vergessen zu fragen. Eines wusste ich jedoch sofort. Ich wollte nicht sechs Wochen von meiner Familie getrennt sein, wenn es auch anders ging. Sollte das aber nicht der Fall sein, würde ich es natürlich machen. Nach einer halben Stunde war die Sitzung beendet und in meinem Befund stand: »Erschöpfungssyndrom mit agitierter depressiver Episode.« Irgendwie hatte ich die Hoffnung, nach diesem Meeting sagen zu können: »Ja genau, das ist es, so mach ich es, warum bin ich da nicht selbst draufgekommen.« Nur so funktionierte das in diesem Fall nicht. Wichtig war es trotzdem, diesen Schritt getan zu haben, denn professionelle Hilfe bekam man nur nach Überweisung durch einen Facharzt, und solch einer war er ja. Und vor allem war es eine Bestandsaufnahme für weitere Behandlungsschritte, die noch auf mich zukommen würden. Um dauerhaft etwas zu verändern, wären mehr Sitzungen bei ihm vonnöten gewesen. Wieder einmal hatte ich mich in eine Phantasie hineingesteigert, die mit der Realität nichts gemeinsam hatte.

Es würde für mich eine längere Reise werden, als ich angenommen hatte – wieder einmal. Ich wollte dahinterkommen, wo ich den Hebel ansetzen musste, um meine Gedanken zu ordnen und den Wind in meinen Segeln zu spüren. Diesen Wind, der mich auf meiner Reise zurück in ein normales Leben beflügeln sollte.

05.02. – Alkohol und Tabletten

Ich vermutete, dass ich mich mit Gabi zu ausführlich über meinen Besuch in Schladming unterhalten hatte, da es mir an diesem Tag körperlich sehr schlecht ging. Trank ich ein oder zwei Bier, hatte das keinerlei Auswirkungen auf mein allgemeines Befinden. Aber am gestrigen Tag waren es zwei oder mehr. Man könnte es – salopp gesagt – auch als Frustsaufen bezeichnen, da ich dieses Gefühl des Frusts nach dem Psychiaterbesuch ganz deutlich in mir verspürt hatte. Meine Geduld ging nun langsam zur Neige. Ich hatte mir so viel von diesem Gespräch erhofft. Nachdem das allerdings nicht so gelaufen war, griff ich zu einigen Flaschen Bier, um, wie wir es in Jugendzeiten immer so lustig nannten, »meine Festplatte vulgo Gehirn zu formatieren.« Ich vergaß in meinem Zorn jedoch, dass ich Tabletten genommen hatte. Und das waren keine Aspirintabletten. Was lernte ich also daraus?

Übermäßiger Alkoholkonsum in Verbindung mit Medikamenten ist absolut nicht zu empfehlen und ich sollte das eigentlich wissen.

Vormittag ging es ja noch. Ich hatte ein Gefühl, als ob ich in Watte gepackt wäre, und alles lief extrem langsam ab, was sicher am instabilen Kreislauf lag. Aber am Nachmittag kam es dann heftig. Durchfall, Übelkeit und Schüttelfrost begleiteten mich stundenlang und ich fühlte mich plötzlich hundeelend. Gabi mied in solchen Situationen im Allgemeinen meine Gesellschaft und kam nur ab und zu ins Schlafzimmer, um zu sehen, ob ich etwas brauchen würde. Ich gehöre nämlich der nicht so seltenen Rasse der »Extremraunzer« an, wenn mir etwas fehlt oder ich krank bin. Zu meinem schlechten körperlichen Gefühl kam natürlich noch ein seelisches Tief – man gönnt sich ja sonst nichts. Mir wurde mehr und mehr bewusst, dass ich nicht auf dem richtigen Weg war, respektive meine mir gesetzten Ziele dauernd vernachlässigte und diese, immer wenn es schwierig wurde, über Bord warf.

Hatte an diesem Tag keine Kraft für etwaige sportliche Aktivitäten. Es würde auch nichts bringen, sollte ich mich überfordern und dabei vom Heimtrainer kotzen. Gabi hätte bestimmt keine Freude damit.

08.02. – Verloren

»Österreich gegen Deutschland« hieß der Fußballschlager, den es am gestrigen Abend zur Primetime im TV gab. Da ich Fußballfan bin, war dieses Duell natürlich Pflichtprogramm. Und außerdem eine Herausforderung, bei so einem wichtigen Spiel nicht zu sehr in Hektik zu verfallen, sondern Gelassenheit zu üben.

0:3 verloren! Es ging mir trotz der Umstände, wie wir verloren hatten, entsprechend gut. Natürlich hatte ich mich aufgeregt beim Zusehen, ich hatte mich aber in kürzester Zeit wieder unter Kontrolle. Es wäre zu schön gewesen, hätten wir unsere deutschen Nachbarn »paniert« (besiegt). Aber ich hatte bei den Gesprächen im Vorfeld schon nicht so recht den Glauben daran und mich damit abgefunden, dass es im Prinzip nur ein Spiel war. Ein Freundschaftsspiel – und bitte, was gibt es Wichtigeres als Freundschaft mit unseren lieben Nachbarn?

Die Stabilität meiner Psyche wurde von Tag zu Tag besser. Ich hatte an diesem Tag noch einen Termin bei Gerhard, um die Ergebnisse von Schladming zu besprechen. Ich sprach ihn darauf an, ob es nicht die Möglichkeit gäbe, in unserer Stadt einen Psychiater aufzusuchen, der mehr Zeit hätte, sich mit mir zu unterhalten. Es wäre nämlich toll zu erfahren, ob ich die Behandlung in Sankt Radegund durchführen müsste oder nicht. Gerhard empfahl mir einen Bekannten, der in der Landesnervenklinik in Graz als Psychiater tätig war. Er kam jeden Mittwoch, um in einem Sozialhilfenetzwerk Menschen mit Problemen zu helfen und diese zu betreuen. Leider lief zurzeit nicht alles so gut wie dieses Gespräch. Tanja kam krank von Graz nach Hause.

Kerstin hatte in letzter Zeit einige Stimmungsschwankungen, wie sie bei Teenagern so üblich sind, und Gabi war mit der Gesamtsituation etwas überfordert. Das war mit ein Grund, dass ich öfter mit den beiden in Streit geriet. Dabei fühlte und handelte ich meist wie ein kleines Kind und war der Ansicht, dass mir jeder Unrecht tat und ich immer nachgeben musste. Die Spannungen waren für alle unerträglich, was mich zu der Überlegung brachte, ob ich nicht doch die sechs Wochen in St. Radegund auf mich nehmen sollte, um die Situation zu entschärfen. Aber erstens bin ich ein Mensch, der sehr gerne zu Hause ist, und zweitens war mir der Gedanke ein Graus, sechs Wochen mit fremden Menschen zu verbringen, meine gewohnte Umgebung zu verlassen und weit weg von meiner geliebten Familie zu sein.

Aber eines stand außer Zweifel, ich sollte wieder unter Menschen. Auf der einen Seite sollte der soziale Rückzug, der im Zuge dieses Burnout-Syndroms stattfand, nicht überhandnehmen. Mit der Zeit würde jeder von mir denken, der will nichts mehr mit uns zu tun haben. Auf der anderen Seite standen ich und meine dunklen Gedanken sowie meine unmotivierten Gefühlsausbrüche, vor denen ich Angst hatte und nie wusste, wem ich sie dann präsentieren würde. Dagegen versuchte ich nun vorrangig anzukämpfen. Und das wollte ich bei einem Schitag versuchen.

09.02. – Ein Schitag

An diesem wunderbaren Morgen wurde ich von Andy, Andrea und Marion abgeholt. Ich war ein wenig aufgeregt und angespannt. Wir fuhren ins Schiparadies Flachau-Wagrein. Azurblauer Himmel und die Sonne schickte ihr strahlendes Lächeln auf die gut beschneiten Pisten. Ein Motiv wie auf einer dieser kitschigen Postkarten, mit denen Touristen den Daheimgebliebenen den Tag »vermiesen.« An den Kassen warteten schon einige Leute auf ihr Ticket. Das Kassenpersonal hatte alles im Griff. »*Mit Ausnahme der Preise für eine Tageskarte*«, sinnierte ich vor mich hin. Ich verwarf diesen Gedanken aber sofort wieder, denn ich wollte mir den Tag nicht »vermiesen«, sondern ihn »genießen.« Beim Hochfahren mit dem 9er-Jet hatte ich kein ungutes Gefühl, obwohl vier mir unbekannte Personen mit an Board waren. Meine

96

drei Begleiter waren ja bei mir. An der Bergstation angekommen offenbarte sich uns ein unvergleichliches Panorama. In gleißendem Sonnenlicht lagen die schneebedeckten Gipfel der Flachauer Bergwelt vor uns. Breite, bestens präparierte Pisten luden uns auf einen vergnüglichen Tag im Schnee ein. Mein Herz und meine Seele machten einen Luftsprung und ich fühlte mich »pudelwohl.«

Nach einigen Fotos, die wir am Gipfel gemacht hatten, starteten wir zu unserer ersten Abfahrt. Es war ein Genuss, die Schwünge in den Schnee zu zeichnen und den Wind im Gesicht zu spüren. Ich fuhr knapp hinter Andy und der Schnee, den er hochstauben ließ, kristallisierte auf meiner Brille und in meinem Gesicht. Alle Sorgen waren wie weggeblasen. Unendliche Zufriedenheit und Freude über diesen schönen Tag erfüllten mich. Auch als ich von den Dreien beim Einsteigen in einen Sessellift getrennt wurde und mit fünf anderen Personen wieder bergwärts fuhr, machte mir das nichts aus. Nur ein Gespräch konnte ich nicht beginnen, dazu fehlte mir der Mut. Aber ich war schon froh, dass ich keine beklemmenden Gedanken hatte. Herrlich.

Zur Mittagszeit kehrten wir in einer kleinen, aber urigen Hütte, genannt »Hofalm«, ein. Es war wunderbar warm, da die Sonne an die Hüttenwand, vor der wir Platz genommen hatten, hinbrannte. Andrea begab sich sofort in die Position: »Sonne auf mich, bis ich Halt sage!« Sie ist eine große Sonnenanbeterin – so weit es möglich war, wurden die Schiklamotten geöffnet – und Haut gezeigt. Alles wirkte ruhig und entspannt. Ich beobachtete die Menschen, die rings um uns saßen. Alle genossen diesen herrlichen Tag und strahlten Zufriedenheit aus – ein herrliches, malerisches Bild. Nachmittags um halb drei schnallte ich als Zweiter nach meiner Nichte Marion die Schier ab. Wir waren beide erledigt. Die Oberschenkel brannten zwar, doch ich hatte positive Gefühle in mir, die mir schon fremd geworden waren. Die Glückshormone sausten nur so durch meinen Körper und gaben meinem Innersten die Freude, die es schon so lange vermisst hatte. Später, als Andy und Andrea zu uns stießen, sagte ich noch zu meinem Schwager: »Es wäre eine tolle Idee, wenn es solche Ausflüge auf Krankenschein gäbe, dann würde man die teuren Therapien sicher verkürzen oder gar nicht mehr brauchen.«

Zusammenfassend kann ich nur sagen, dass dieser Tag der beste seit Langem für mich war. Und bevor ich es vergesse: Das Krampfen meines Kiefers hatte ich den ganzen Tag nicht verspürt, was darauf hindeutete, dass auch dieses Phänomen eine Auswirkung der seelischen Belastung sein musste.

15.02. – Ein Rückschritt

Es war nun über einen Monat her, dass ich zu Hause war. Blauäugig, wie ich nun mal bin, dachte ich, das Gröbste wäre überstanden und ich hätte eine Menge gelernt. Falsch gedacht. Gestern hatte ich einen absolut schlechten Tag. Ich hatte alles falsch gemacht, was ich nur falsch machen konnte. Schon am Morgen war ich in eine selbst verschuldete Stresssituation gekommen, indem ich zu spät aufgestanden war. Ich sollte Kerstin zur Arbeit bringen und hatte um zehn Uhr einen Termin bei der Arbeiterkammer, um einige Sachen zu klären. Beim Duschen machte ich mir deswegen schon Vorwürfe, weil ich die Zeit nicht unter Kontrolle hatte. Ich merkte, wie mein Puls merklich anstieg und das Blut durch meine Adern raste. Mein Morgenritual war vollkommen aus dem Plan, den ich sonst immer hatte, geraten. Kein gemütliches Kaffeetrinken und die Zeitung überflog ich nur rasch, um das Wichtigste zu lesen.

Bei der Arbeiterkammer wollte ich einige grundlegende Antworten zu meiner finanziellen Situation erhalten und fragen, welche Möglichkeiten sich für mich in weiterer Folge ergeben würden. Von Teilzeitarbeit bis Berufsunfähigkeitspension und Umschulung war die Rede und wie sich das auf mein Einkommen auswirken würde. Das hätte ich besser nicht gemacht. Ich fühlte mich stark genug, um einen Schritt in Richtung Entscheidungsfindung zu setzen, doch dieses Vorhaben ging gehörig nach hinten los. Nach einer halben Stunde war mir die Ausweglosigkeit in Bezug auf meine finanziellen Möglichkeiten ungefähr bewusst.

Meine Gedanken kreisten wieder um das Thema »Ich sollte die Familie ernähren und die Wohnung erhalten.« Doch das sah nach dem Gespräch mit dem Berater nicht so aus. Trotzdem konnte ich mir noch immer nicht vorstellen, wieder arbeiten zu gehen, da ich mit dem Druck und Stress absolut nicht fertig würde. In diesen Tagen war ich ein »Häferl«, wie man in unseren Breiten zu sagen pflegt. Sobald ich Druck verspürte, zog ich mich in meinen Ruheraum zurück und ließ die Welt hinter mir. Der »LMA«- oder auch »Rutscht's mir den Buckel runter«-Gedanke schwebte in solchen Situationen wie das berühmte Damoklesschwert über mir. Sollte nun noch jemand versuchen, mich mit ruhigen Worten daran zu erinnern, welche Ziele ich mir an guten Tagen gesetzt hatte, wurde ich an meine eigenen Unzulänglichkeiten erinnert. Und das endete meist mit Tränen. Wo lag die Grenze zwischen der Annehmlichkeit, sich die Zeit für die Genesung in Ruhe zu nehmen und dem Pflichtbewusstsein?

Ich besuchte noch die Gebietskrankenkasse, wo mir mitgeteilt wurde, dass die angeforderten Unterlagen meiner Firma noch nicht eingetroffen wären. Sie könnten mir noch nicht sagen, bis wann sie »meinen Lohn« anweisen würden. Mir wurde wieder drastisch vor Augen geführt, wie meine Reaktion darauf war, mein neues Leben mit wenig oder, wie im jetzigen Fall, fast ohne Geld zu bestreiten. Ich war fix und fertig, fuhr rasch nach Hause, um niemanden zu treffen. Hoffnungslosigkeit breitete sich in mir aus. Es war schon einige Zeit nicht mehr passiert, dass mir Tränen in die Augen gestiegen waren und ich alles für ausweglos hielt. Diesmal waren es echte Tränen und keine Symptome. Ich ließ ihnen ihren Lauf, denn ich hatte in irgendeinem Buch gelesen, dass es heilend wäre, seinen Gefühlen freien Lauf zu lassen, außerdem war ich allein und keiner sah mich. Ich hatte panische Existenzangst und malte mir aus, dass wir alles, was Gabi und ich in dreißig Jahren geschaffen hatten, verlieren würden.

Wohin würde es mich führen, wenn ich mich nicht unter Kontrolle hatte? Was würde passieren, wenn ich wieder zur Arbeit ginge und mit einer Situation nicht fertig würde? Wenn ich das Geschäft einfach verlassen und nach Hause gehen würde? Ich hatte viele offene Fragen und suchte nach Antworten. »Die Zeit heilt alle Wunden«, hatte ich einmal gehört. Doch wie lange dauert das? Ich wollte »jetzt« mein Leben zurück, das ich mir unter Mithilfe meiner Familie und vieler Freunde in siebenundvierzig Jahren aufgebaut hatte.

27.02. – Erste Sitzung

Mittwoch 18 Uhr 30 – Beratungszentrum. Eine ehemalige, sehr liebe Arbeitskollegin hatte heute Geburtstag. Sie wurde an jenem Tag 32 – ich war 47 und auf dem Weg zum Psychiater. Verdammt wirre Gedanken gingen in meinem Kopf spazieren. Ich dachte an so vieles und doch an nichts. Doch: Ich wäre lieber bei ihrer Geburtstagsfeier als hier.

Es war ruhig und der Stiegenaufgang lag im Halbdunkeln. Ich war etwas zu früh für meinen Termin – das war ich meistens –, ging daher langsam den Gang entlang und betrachtete die Bilder an der Wand. Großteils sehr farbenfrohe Gemälde, die unterschiedliche Gefühle ausdrückten. Ich war von einem Bild fasziniert, das springende Delfine darstellte. Eine Gruppe grauer Delfine sprang im Gleichklang aus dem Wasser, um nach einem halben Bogen wieder darin einzutauchen. Das Wasser, welches in sehr dunklem Blau gehalten war, wurde mit Schattierungen ins Schwarze sehr düster dargestellt. Trotz der Harmonie der springenden Delfine wirkte dieses Gemälde bedrohlich. Es drückte meiner Meinung nach die Zerrissenheit einer Seele aus, die nach Harmonie strebte, jedoch in Dunkelheit gefangen war. Am Ende des Ganges drang Licht aus einem Büro, und eine Dame saß am PC.

»Guten Abend, ich hätte einen Termin bei Dr. L.«, sagte ich vorsichtig und leise durch die offene Tür.

»Wie ist Ihr Name, ich werde es ihm mitteilen«, war ihre Antwort, bei der sie sich vom Schreibtisch erhob. Die freundliche Dame sagte mir, dass es noch ein wenig dauern würde und ich möge so lange Platz nehmen.

Nach kurzer Zeit sah ich einen Mann den Gang entlangschreiten, der direkt auf mich zukam. Cordhose, Strickjacke, grau melierte Schläfen, ein gequältes Lächeln im Gesicht, in etwa so, wie man sich einen Psychiater vorstellt. Als wir uns begrüßten, erkannte ich in wieder. Auch er erinnerte sich an mich. Wir hatten in jungen Jahren gemeinsam Fußball gespielt.

»Hallo, wie geht es dir?«, war seine erste Frage.

100

»Ich habe zurzeit ein paar Probleme«, antwortete ich, worauf er mich in sein Besprechungszimmer bat. Auch hier gab es keine Couch, sondern nur ein paar Sessel lose um einen flachen Glastisch gruppiert. Ich durfte mir einen Platz aussuchen.

»Du siehst müde aus«, sage ich zu ihm.

»Ja, ich mache das hier zusätzlich zu meinem Job in Graz und dieser Tag war ein sehr anstrengender Tag«, kam es müde über seine Lippen.

Und dann komme auch noch ich daher mit meinen Problemen. Ob er die überhaupt noch wahrnimmt?

»Aber erzähl mal, was ist los mit dir?«

Ich erzählte also wie in Schladming meine Geschichte, aber nun war es für mich kein Problem mehr, mich an die Fakten zu erinnern. Ich hatte die Story ja schon oft erzählt.

»Ich weiß nicht mehr, wie es weitergehen soll«, war das Ende meiner Ausführung.

Er hatte gespannt gelauscht und ich wartete nun auf seine Antwort, wie ein Jünger des Herrn bei der Vollbringung eines seiner Wunder am See Genezareth.

»Welche Medikamente nimmst du?«

Bamm! Wieder kein Wunder, auf das ich so gehofft hatte. Wir unterhielten uns etwas über meine Vergesslichkeit, da ich ihm erzählt hatte, mich nur mehr bruchstückhaft an meine Kindheit erinnern zu können und er erklärte mir, dass dies unter Umständen mit der erhöhten Anspannung der Situation, in der ich mich befand, zusammenhängen würde. Auf meine Frage, ob das nicht vielleicht doch mit meiner Gehirnblutung zu tun hatte, wollte oder konnte er mir keine definitive Auskunft geben. Nach einigen Zwischenfragen meine Einstellung die Arbeit betreffend seinerseits und der passenden Antworten meinerseits verfasste er einen Bericht für Gerhard. »Höhergradig depressive Episode mit symp. Pseudodemenz.« Er gab mir einen Termin für ein weiteres Gespräch und ich ging nach Hause. Ich verstand natürlich schon, dass man in einer halben Stunde keine so komplexe Krankheit aufarbeiten konnte. Aber es ging mir nicht schnell genug vorwärts. In jedes Gespräch legte ich so große Erwartungen und glaubte an eine Wunderheilung. Ich wünschte mir vermutlich so sehr, dass jemand sagte: »Hier, nimm die rosa Pille und alles wird wieder gut.«

Außerdem lief mir die Zeit davon. Ich wollte wieder ein vollwertiges Mitglied der Gesellschaft werden. Anerkannt und beachtet, nicht geduldet und bemitleidet.

09.04. – Zweite Sitzung

An diesem Abend hatte ich meine zweite Sitzung im Beratungszentrum. Es war irgendwie ein komisches Gefühl, jemanden, den man nicht so gut kannte, seine Ängste und Sorgen anzuvertrauen, doch es war in gewisser Hinsicht auch eine Erleichterung. Ich hatte dabei ein Gefühl in mir, als würde ich mit jedem Satz, den ich Dr. L. anvertraute, einen meiner Mühlsteine verlieren. Der Unterschied, ob ich meine Probleme einem Bekannten anvertraute oder einem professionellen Psychotherapeuten oder Psychiater lag meiner Meinung darin, dass ich direkter kommunizierte. Das heißt: Ich machte mir weniger Gedanken über die Konsequenzen der erzählten Sätze, da ja ähnlich dem Beichtgeheimnis mein Betreuer der ärztlichen Schweigepflicht unterlag. Im Bekanntenkreis oder im Kreise der Familie achtet man viel mehr auf die Wortwahl (das soll jetzt aber nicht heißen, ich hätte bei den Sitzungen nur Kraftausdrücke verwendet) und die damit verbundenen Gedanken, die die jeweilige Person, der man es erzählt, dabei haben könnte. So richtig frei konnte ich nur in Einzelsitzungen über meine und die Gefühle, die ich anderen gegenüber hegte, berichten. Ich wusste ja, nach der Sitzung würde ich mich verabschieden und hinter mir die Türe schließen, meine Sorgen und Probleme sozusagen in diesem Raum zurücklassen. »Je öfter man das machen würde, um so besser würde das funktionieren«, dachte ich mir in jenen Tagen. Ich hätte mehr als zwei Gespräche gebraucht, um irgendetwas, das mich in dieses Burnout gebracht hatte, ans Licht zu bringen. Ich wollte mir aber diese Zeit nicht nehmen, jetzt und sofort sollte mir jemand helfen, und so machte ich auf motiviert, um vorzutäuschen, dass es mir schon viel besser ging, und tat damit eigentlich das völlig Falsche. Meine Gedanken waren in jenen Tagen schon in Bad Aussee, wo ich hoffte, wesentlich rascher durch eine Intensivtherapie von drei Wochen – es kann auch etwas länger dauern – an mein Ziel zu gelangen. Ich verweigerte also die mir angebotene Hilfe, nach der ich immer verzweifelt gesucht hatte. Ich gab mir und auch dem Psychiater keine Zeit, nach den Ursachen zu forschen, warum es zu diesem Burnout gekommen war. Erst im Laufe der nächsten Monate wurde mir bewusst, dass ich selbst immer alles darüber wusste. Alle Antworten zu meinen Problemen waren in mir, sie waren die ganze Zeit über da. Ich hätte nur mehr Zeit investieren müssen, um zu lernen, in mich hineinzuhören. Es war wie mit einer Fremdsprache. War man mit dieser Sprache nicht vertraut, konnte man kein Wort davon verstehen, was einem sein Gegenüber erzählte.

Ein Problem bei diesen Sitzungen war für mich allerdings dieses Frage-und-Antwort-Spiel. Von einem Psychiater eine Antwort zu erhalten, die »Ja oder Nein« ergeben würde, ist vermutlich ein Ding der Unmöglichkeit. Es wurde meistens auf eine Frage von mir eine Gegenfrage gestellt, bis ich mir keinen Reim mehr auf meine eigentlich gestellte Frage machen konnte. Das war für mich in diesem Stadium meiner Krankheit sehr verwirrend. Meine Konzentration bei der Suche nach Antworten – die ich ja irgendwo in mir hatte – war dabei sehr eingeschränkt. Dr. L. empfahl mir, wie sein Kollege aus Schladming, den Aufenthalt in St. Radegund – er hatte ganz bestimmt die »Vorspiegelung falscher Tatsachen« bemerkt, als ich, von einer Sekunde zur anderen, auf voll motiviert geschaltet hatte. Dort wäre mehr Zeit zur Ursachenfindung und Analyse meines seelischen Zustandes vorhanden, die Klinik wäre darauf spezialisiert. Aufgrund der Entfernung, diese Klinik lag in der Nähe von Graz, und somit zu meiner Familie würde ich lieber in die neue Psychosomatikklinik nach Bad Aussee gehen, teilte ich ihm nun mit. »Das wäre auch eine Möglichkeit«, antwortete er mir, »aber in St. Radegund ist die Spezialisierung auf Burnouterkrankungen noch intensiver.« Ich bedankte mich bei ihm und verabschiede mich mit einem weiteren Befund für Gerhard.

Es war anfangs sehr schwer, mich mit meinen Depressionen gegenüber Bekannten und Freunden zu outen, doch noch schwerer würde es, wenn ich ihnen mehr Raum geben würde, um sich zu entfalten. Wenn ich keinen Platz mehr in meinem eigenen »Haus« finden würde, weil diese Depressionen schon zu groß geworden waren, könnte Schlimmes passieren. Schlimmeres, als dass jemand mit dem Finger auf mich zeigen würde und sagt: »Der geht a zum Dodldoktor«, wie ich es einmal gehört hatte. Ich war der Überzeugung und bin es noch in diesen Tagen, dass es eher ein Zeichen von Stärke war, mich meinen Problemen zu stellen und professionelle Hilfe in Anspruch zu nehmen. Es gibt leider zu viele Beispiele von Leuten, die zu lange gewartet hatten, keine Hilfe annahmen und ihr »Haus« für immer verlassen haben. Unzählige Leben wurden schon aufgrund falscher Scham und nicht angenommener Hilfe vorzeitig beendet. Manchen wäre bestimmt zu helfen gewesen, hätten sie mit jemandem über ihre Probleme gesprochen und diesen Schritt zur Hilfe gewagt.

Auch ich hatte mich vor diesem Schritt gefürchtet, in der »Öffentlichkeit« als Versager dazustehen. Doch noch mehr Furcht hatte ich bei dem Gedanken, meine Familie, all diejenigen, denen ich »wirklich« etwas bedeutete, alleine zu lassen.

08.07. – Der Termin

Endlich, der erwartete Brief mit dem Termin für meinen Aufenthalt in der Psychosomatikklinik Bad Aussee war angekommen. Ich musste noch bis zum 25. August Geduld haben, erst dann war ein Zimmer frei. Daran konnte man schon erkennen, wie sich die Dinge in unserer Gesellschaft entwickeln und wie viele Menschen überfordert waren. Allerdings behandelte die Klinik in Bad Aussee nicht nur Burnout-Patienten, sondern auch viele andere Arten der Depressionen sowie Bulimie (Ess-Brechsucht) und Adipositas (Fettleibigkeit).

Nachdem ich in der Zwischenzeit – ich dachte, ich wäre schon so weit – versucht hatte, mich bei einigen Firmen zu bewerben und auch die dementsprechenden Absagen dazu erhielt (vielleicht war ich ja zu ehrlich und hätte meine Burnouterkrankung verschweigen sollen), war ich im Moment nicht sehr gut drauf und daher froh, wieder ein Ziel vor Augen zu haben. Parallel zu meinen Bemühungen, einen für mich passenden Job zu finden, hatte ich auch einen Antrag auf Berufsunfähigkeitspension gestellt. Ich wusste ja nicht, wie sich mein Leben und meine Situation in Zukunft entwickeln würden. Dieser Gegensatz, Arbeit zu suchen und gleichzeitig mit dem Gedanken an die Pension zu spielen, zeigte schon sehr deutlich, dass ich nicht ganz Herr meiner Gedanken war.

Meine Kopfschmerzen, die ich ab und an sehr stark verspürte, traten nun wieder vermehrt auf. Dies war meist dann der Fall, wenn ich durch angestrengtes Nachdenken, wie sich meine Zukunft gestalten sollte, Druck auf mich ausübte. Ich befand mich momentan wieder in einer Jekyll- und Hyde-Phase. Einerseits wollte ich wieder arbeiten, damit meine Familie stolz auf mich wäre und ich den finanziellen Engpass beseitigen würde, andererseits war die Angst, zu versagen, enorm groß. Ich verfiel tageweise wieder in tiefe Depressionen und kam nur mühsam heraus. Knapp sieben Monate waren nun vergangen und ich wankte immer noch hin und her, zu keiner Entscheidung fähig.

Ich hatte die Fähigkeit, dass ich mir immer mehrere Tore zeitgleich öffnete, durch die ich gehen wollte. Hatte ich eine Klinke in der Hand, kam die Angst in mir hoch, die falsche Wahl getroffen zu haben, und ich sprang vor die nächste, offene Tür. Doch traute ich mich auch da nicht einzutreten. Dass ich so immer vor den Türen stehe und nicht weiterkommen würde im Leben, belastete mich zu dieser Zeit extrem.

Ich wollte einen angenehmen Job, bei dem ich nicht mehr so unter Druck geraten würde. Aber gab es so einen überhaupt? Dass ich fleißig und gewissenhaft arbeiten konnte, dafür gab es einige Zeugen, ich suchte nur mehr einen Platz, wo ich es in »Ruhe« beweisen konnte. Wer würde mir dazu noch eine Chance geben? Außerdem hatte ich ja diesen Pensionsantrag gestellt. Warum sollte das Gremium der Entscheidungsträger nicht zu meinen Gunsten entscheiden? Das Gutachten, dass ich in meinem alten Job nur mehr bedingt einsetzbar war, hatten sie ja bekommen. Und wer würde jemanden anstellen, der nur bedingt einsetzbar wäre? Wenn dieses Gremium aber anders entscheiden sollte und ich an eine Arbeitsstelle vermittelt werden würde, wo ich es nicht aushielt? Was dann? All diese Fragen, die ich mir nicht alleine beantworten konnte, warteten auf Antworten. Und darum tat es gut, diesen Brief mit meinem Termin in der Hand zu halten.

Ich hatte schon lange keinen Termin mehr gehabt!

Dieses Jahr 2008 war für mich und für meine Familie kein einfaches. Wir hatten durch meine Krankheit viele dunkle Tage durchlebt. Eine Achterbahnfahrt der Gefühle, wie wir sie noch nie zuvor erlebt hatten. Viele neue Erfahrungen kreuzten unsere Wege. Es war nicht immer einfach, aber ich hatte schon vieles dazugelernt. Mit meiner Familie war ich noch stärker verbunden als vorher. Doch nun wartete ein neuer und vermutlich sehr aufregender Abschnitt auf mich, den es zu meistern galt: der Aufenthalt in der Psychosomatikklinik Bad Aussee. Ich war nervös und unsicher, da ich nicht wusste, was mich dort erwarten würde. Aber ich war auch voller Hoffnung, dass der Aufenthalt (endlich) die entscheidende Wende in meinem Leben bringen würde.

So oder so: Es kommt, wie es kommen muss.

Der Klinikaufenthalt

Ich hatte in der Zeit, als ich noch zur Arbeit ging, die Montage gehasst. Ganz egal, wie das Wetter war und zu welcher Jahreszeit (außer beim Segeln). An diesem Tag war wieder so ein Montag.

Montag, der 25. August 2008, acht Uhr morgens. Die Sonne schien schon in voller Pracht vom Himmel, als wir das Auto bestiegen, um nach Bad Aussee zu fahren. Ich saß am Steuer und war nicht sehr gesprächig. Gabi, die am Beifahrersitz saß, und Tanja, die auf der Rückbank Platz genommen hatte, versuchten, mich etwas aufzuheitern.

»Gib Gummi, Paps, jetzt geht es zur Erholung«, witzelte Tanja. Aber ihr Versuch scheiterte kläglich. Angst und Nervosität hatten mich fest im Griff und blockten Heiterkeit ab.

»Es wird sich alles zum Guten wenden. Du wirst sehen«, kam es von Gabi und Tanja fügte noch hinzu, »Wird halb so wild, du wirst schon sehn.«

»Ihr habt leicht reden, ihr müsst ja nicht da rein. Wer weiß, was die mit mir machen? Vielleicht bekomme ich eine Gehirnwäsche und komme als völlig anderer Mensch zurück?«

»Papa, red' bitte keinen Schwachsinn. So arg wird das nicht werden«, kam wieder die Stimme von der Rückbank.

Gabi sah mit mütterlichen Blick zu mir und versuchte mich zu beruhigen: »Du wirst immer du bleiben. Aber du fährst ja auch dorthin, um etwas zu ändern. Folglich wirst du auch als anderer Mensch zurückkommen. – Hoffentlich.«

Es lag eine gewisse Logik in ihren Worten, doch ich konnte mich dieser im Moment nicht anschließen. Zu groß war die Angst vor dem, was auf mich zukommen sollte. Allein, getrennt von meiner Familie, umgeben von lauter fremden Menschen. Ich würde Kontakte knüpfen müssen, wollte das aber nicht. Ich würde lieber auf einer sonnenüberfluteten Insel in der Karibik unter einer Palme mit Gabi liegen und den Rest meines Lebens dort verbringen. Eine Jacht am Bootssteg, türkisfarbenes Wasser und die Temperatur würde im Schnitt 24 Grad betragen. Wir würden jeden Tag genießen. Oder doch nicht? Träumen funktionierte mittlerweile schon wieder recht gut.

Die letzte Woche zu Hause hatte ich mich schon nicht wohlgefühlt. Meine Ambitionen, diese Klinik aufzusuchen, tendierten gegen null. Jeden Tag dachte ich auf dem Balkon bei ein oder zwei Bier darüber nach, wie ich mich davor drücken konnte. Ich wollte nicht von zu Hause weg, meine gewohnte und für mich so sichere Umgebung verlassen – das war zu einem unerträglichen Gedanken geworden. Die Wortwahl gegenüber meiner Familie bei den diversen Gesprächen, in denen sie mir die Vorteile eines Besuches in der Klinik erklärte, war wieder etwas aggressiver geworden, und nach einer Woche waren alle froh, dass ich fuhr. Irgendwie auch ich, denn so konnte es nicht mehr weitergehen. Mein wieder aus Nervosität gesteigerter Bierkonsum sorgte nicht gerade dafür, einen klaren Kopf zu bewahren – ganz im Gegenteil. Diese Tugend wäre aber in meiner jetzigen Situation äußerst vorteilhaft gewesen. Denn nur jemand, der klare Gedanken hat, kann die richtigen Entscheidungen treffen. Und durch meine zurzeit ohnehin spärlich gesäten klaren Gedanken – dieses Burnout blockierte sie – hatte ich damit schon von Haus einen Nachteil. Die Angst, meine Familie durch meine dummen Aussetzer und die dazugehörigen Aussagen zu verlieren, war aber in Wahrheit viel größer als die Angst vor diesem Klinikaufenthalt.

»Schau Papa, da vorne ist die Klinik«, verkündete Tanja gut gelaunt.

»Sie liegt sehr schön eingebettet in der Landschaft«, fügte Gabi noch hinzu.

»Ich kann nichts Schönes daran finden«, schmollte ich zurück.

Auf einer Anhöhe neben der Bundesstraße, umgeben von Bergen, wuchs ein modern aussehendes Gebäude aus der Wiese empor. Das Bauwerk war mit anthrazitfärbigen Platten überzogen und wirkte sehr nüchtern. Ich parkte unseren Wagen auf dem Parkplatz, und als Tanja das Gepäck ausladen wollte, stoppten sie strenge Worte.

»Halt, lass das im Auto. Wenn ich kein Einzelzimmer kriege, fahre ich mit euch wieder nach Hause.«

»Scherzerl – oder?«, lächelte sie mich an.

»Mir ist nicht zum Scherzen zumute, lass die Koffer im Auto.«

Sie hatte verstanden, schloss den Kofferraum und wir gingen in Richtung Eingang. Durch eine automatische Tür betraten wir den Empfangsbereich, dieser war sehr hell und freundlich. Zur linken Seite waren die Empfangsräumlichkeiten für die Aufnahme der Patienten untergebracht. Ich erkundigte mich bei der Empfangsdame über das Aufnahmeprozedere. Sie bat uns, im Café zu warten, bis ich abgeholt würde. Wir nahmen an einem der Tische Platz, und ich beobachtete die Umgebung. Mir kam vor, als hätte ich einen Felsen auf meiner Brust. Mein Atem ging immer schwerer und die Angst stieg proportional dazu an. Personal huschte ab und zu vorbei, Patienten hatten es sich mit Zeitung und Kaffee auf der Terrasse gemütlich gemacht, ihre Gesichtszüge wirkten entspannt und auf einem Tisch wurde sogar gescherzt und gelacht.

»Ist doch schön hier, oder?« versuchte Gabi ein Gespräch zu beginnen.

»Alles so hell und freundlich«, kam es von Tanja, die auch die Absicht hatte, mir meine Sorgen zu nehmen.

Kein Kommentar meinerseits. Zu viel Angst in mir. Würde ich ein Einzelzimmer bekommen? Das war der Gedanke, der sich im Moment an vorderster Front in mein Gehirn gebrannt hatte. Wenn nicht, würde ich den Aufenthalt ganz schnell wieder abbrechen und die Heimreise antreten. Dann wäre alles umsonst gewesen. Auch wenn man über mich lachen sollte, die Angstgefühle, auf engstem Raum mit jemandem zusammenzuwohnen, den ich nicht kannte – noch dazu in meiner derzeitigen Verfassung – waren in diesem Moment viel stärker. Ein paar Quadratmeter Raum, wo ich zu

Hause doch fast neunzig davon hatte, um mich zu verstecken. Ich war wieder tief in meiner depressiven Verstimmung, meinem Burnout, versunken. Angesichts der Menschen auf der Terrasse war ich aber auch etwas verwirrt. Niemals hätte ich geglaubt, in einer Klinik, in der man Depressionen und Burnout behandelte, lachende Menschen anzutreffen.

Eine junge Dame kam auf unseren Tisch zu und bat mich, sie zur Aufnahme zu begleiten.

»Wo ist Ihr Gepäck?«

»Im Auto, das hol ich später«, antwortete ich und spürte in meinem Rücken, wie Tanja zu Gabi hinüberlächelte.

In einem Büroraum gegenüber der Empfangshalle saßen zwei Damen und arbeiteten an ihren PCs.

»Bekomme ich ein Einzelzimmer?«, war meine erste Frage, die ich vorsichtig zu stellen wagte, nachdem ich mich gesetzt hatte. »Ich habe im Juni schon angerufen und darum gebeten. Es hat damals geheißen, dass man zu diesem frühen Zeitpunkt noch nicht sagen könnte, ob eines frei wäre.«

Die junge Dame lächelte mich an und antwortete: »Ja, Sie haben ein Einzelzimmer.«

Da kam plötzlich Bewegung auf am anderen Schreibtisch und eine ältere Dame beteiligte sich am Gespräch: »Wir sind hier eine Klinik und kein Hotel. Da kann man sich die Zimmer nicht aussuchen.«

»Dann hatte ich also Glück«, antwortete ich mit sarkastischen Unterton und einem leicht diabolischen Lächeln. Nachdem das junge Fräulein alles ordnungsgemäß erledigt hatte, sagte sie: »Wenn Sie bitte noch etwas im Foyer warten würden. Eine Kollegin wird Sie dann holen und auf Ihr Zimmer bringen.«

Nun hieß es Abschied nehmen. Nachdem wir das Gepäck – sehr langsam und bedächtig – hereingeholt hatten, umarmte ich Gabi und gab ihr einen Kuss. »Ich werde dich vermissen, pass bitte gut auf dich und die Mädchen auf.« Es fiel mir sehr schwer, meine Tränen zu bändigen. Als ich nun noch Tanja in den Arm nahm, um ihr ein »Bussal« zu geben, stand mir die Feuchtigkeit schon in meinen Augen.

»Sei brav und hilf der Mama, so gut es geht. Und richtet Kerstin liebe Grüße von mir aus.«

Kerstin konnte uns nicht begleiten, da sie an jenem Tag arbeiten musste. Aber ich wusste, dass ihre Gedanken bei mir waren. Ich sah ihnen noch nach, wie sie zum Ausgang gingen, und folgte dann der Dame, die mit meinem Gepäck auf mich wartete, auf mein Zimmer.

Meine Stimmung war am Nullpunkt und ein Gefühl der Resignation, wie ich es so schon lange nicht mehr gefühlt hatte, machte sich in mir breit. Kein positiver Gedanke, kein Kampfeswille, keine Aufbruchsstimmung, wie ich es mir vorgenommen hatte, wenn ich hier in der Klinik wäre, waren zu spüren. All die positive Stimmung, die ich seit Jänner aufgebaut hatte und die teilweise auch schon stabil vorhanden war – weg – ausgelöscht – ersetzt durch neuerliche Leere. Als hätte mich irgendetwas wieder in den Jänner zurückgebeamt. Ich folgte der Dame mit gesenktem Haupt – wie eine Maschine. Ein Roboter mit einem Koffer in der Hand. Das Zimmer, in das sie mich gebracht hatte, war sehr sauber, aber auch sehr steril. Kein Radio, kein Fernseher, große weiße Wandflächen und ein beinhartes Bett, ein Kasten mit Tresor, ein Schreibtisch aus Holz und ein Stuhl. Ein zusätzlicher Tisch – Stahlrohrrahmen mit schwarzer Platte – und ein weiterer Stuhl standen in der Nähe des Fensters.

An diesem Tisch würde mein Platz sein, um meiner Lieblingsbeschäftigung nachzugehen: »Ins Land einischau'n.« Das hatte ich in letzter Zeit sehr oft auf unserem Balkon zelebriert. Einfach nur dasitzen und schauen, was ringsum passiert. Mein Herz war nun, da ich alleine war, schwer und einsam. Ich war sehr froh, dass ich ein Einzelzimmer hatte, denn so konnte ich meine Tränen ungehindert fließen lassen. An jenem Tag nahm ich zur Kenntnis, dass ich also doch ein Weichei war und dass ich mich nun auch noch darum kümmern musste. Als ob ich nicht schon genug Probleme am Hals hätte!

Kurz vor Mittag der erste offizielle Termin. Das Aufnahmegespräch bei meiner »Körperärztin«, so wurde es mir gesagt, stand auf dem Programm. »Körperärztin« – was für ein ausgefallener Name. Dass man eine Ärztin so bezeichnet, hatte ich noch nie gehört. Klang aber irgendwie erotisch, und ich war schon sehr gespannt, sie zu sehen. Eine attraktive blonde Dame empfing mich um elf Uhr zu einem Gespräch im Obergeschoß der Klinik, wo sich die Büros der Ärzte befanden. Schon nach der Begrüßung war mir klar: Sie war eine »Dosige«, wie die Einheimischen ihresgleichen bezeichnen. Sie war sichtlich erfreut und auch mir war etwas wohler, dass wir uns ganz normal im Dialekt unterhalten konnten, was in Folge das Gespräch auch lockerer gestaltete. Es ging hier allerdings nicht um Erotik, sondern um mein Allgemeinbefinden, welches schon wieder etwas besser war. Die Probleme mit den Knien und dem Rücken waren fast nicht mehr vorhanden und auch an der Schulter war eine Besserung eingetreten. Trotzdem bat ich sie um eine Physiotherapie für meine rechte Schulter und für mein lädiertes Kreuz. Ich hatte mir nämlich bei der Abreise, als ich den Koffer zum Auto bringen wollte, das Kreuz verrissen (wohl mein letzter unabsichtlicher Versuch, den Kliniktermin nicht einzuhalten).

Nach dem Gespräch, bei dem die Ärztin mit mir noch einen Deal ausgehandelt hatte – »Herr Stadlmann, würden Sie versuchen, während der Therapie auf Alkohol zu verzichten und mir das auch unterschreiben?« – war die Sitzung beendet. Ich hatte ihr bei unserem Gespräch erzählt, dass ich sehr gerne auf unserem Balkon sitze und ein oder zwei Bierchen trinke, sollte ein schöner Nachmittag mich nach einer Radtour oder einem Spaziergang dazu verführen. Nachdem ich das Formular mit dem Hinweis, dass diese Maßnahme auch kontrolliert wird, unterschrieben hatte, verabschiedete ich mich mit den Worten: »Ich verspreche Ihnen, dass ich nichts Alkoholisches trinken werde und Sie mich daher bei etwaigen Kontrollen nicht erwischen werden.«

Frau Doktor, welche ein sehr nettes und natürliches Wesen hatte, lächelte und antwortete: »Abwarten, aber es würde mich sehr freuen.«

Ich kann hier vorausschicken, ich wurde nicht erwischt, obwohl ich dreimal abends um 22 Uhr per Telefon ins Stationszimmer bestellt wurde und in den Alkomaten pusten durfte. Die Alkoholkontrolle durch die Nachtschwester war irgendwie immer eine komische Situation. Wie ich so im Trainingsanzug herumstand und unter ärztlicher Aufsicht der Nachtschicht eine Probe blies, war sicher witzig anzusehen und ich musste auch hinterher in meinem Zimmer immer darüber lachen.

Auf dem Weg ins Parterre zum Dienstzimmer meiner Station – jeder Patient wurde einer Station zugeteilt – dachte ich nochmals über das Alkoholverbot nach. Ich würde das erste Mal in meinem Leben mit einem Alkomaten gecheckt und jedes Mal würde er null Promille anzeigen. Oft hatten wir am Stammtisch in jungen Jahren Witze darüber gerissen, wie toll jetzt so eine Messung wäre, um zu sehen, wer in unserem Promillewettstreit in Führung liegen würde. Es war gnadenlos dämlich, welchen Schwachsinn ich in meinem Leben schon veranstaltet und gedacht hatte. Aber wie schon eingangs erwähnt, hatte ich auch viel Spaß dabei.

War das nun eine Art Revanche, die mein Leben an mir vornahm für die vielen Stunden, die ich sinnlos vergeudet hatte?

Bei der Station angekommen wurde ich in die internen Abläufe eingewiesen. Eine Therapiekarte wurde mir ausgehändigt auf der alle »Events« – wie ich sie mit dem mir, wie es scheint, angeborenen Sarkasmus bezeichnete – eingetragen wurden. Abläufe wie Essen, Tablettenausgabe, Ab- und Anmeldung bei Ausgängen usw. wurden mir von einer sehr freundlichen Diplomschwester erklärt. Ich würde ab und zu dazu aufgefordert werden, mittels eines Handheldcomputers – Personal Digital Assistent, kurz PDA – einen Fragebogen über die Therapie und meinen Zustand auszufüllen, fügte die Dame noch hinzu. Es war ein einfacher Test zum Ankreuzen, den man gleich am Anfang einmal durchführen musste. Überhaupt war das ganze Personal sehr freundlich und zuvorkommend.

»Um 14 Uhr haben Sie ein Gespräch mit Ihrer Psychiaterin im zweiten Untergeschoß. Ihr Name steht an der Tür«, sagte die Schwester zum Abschluss.

»Ich danke Ihnen«, kam es leise und verunsichert von mir zurück. Ich war ob der vielen Informationen fertig und zog mich rasch in mein Zimmer zurück. In meinem Kopf war nur mehr ein Strudel wirrer Gedanken. Es war der erste Tag und ich irrte im Lauf des Vormittags etwas ziel- und planlos in der Klinik umher, da noch keine Termine einzuhalten waren. Ich kannte auch noch niemanden, wobei das ja nicht mein Problem war, da ich ohnehin ein zurückhaltender Mensch bei der Gesprächsanbahnung bin und nicht selbst auf Menschen zuging. Folglich war auch der Gang zum Mittagessen eine Qual für mich und ich versuchte so schnell wie möglich da durchzukommen, ohne in ein Gespräch verwickelt zu werden. Auf dem Weg zum Speisesaal kam ich auch am Raucherplatz, der gut besucht war, vorbei. Zum ersten Mal wünschte ich mir wieder, Raucher zu sein, da ich immer leichter mit Leuten in Kontakt gekommen war, die mit mir dieses Laster teilten. Doch ich verwarf den Gedanken wieder, da das Inhalieren einer Zigarette nichts an meiner jetzigen Situation und auch nicht an meinen Problemen ändern würde.

Beim Speisesaal angekommen, stand schon eine kleine Menschenschlange am Eingang. »Na bravo«, dachte ich mir und stellte mich unauffällig dazu, den Blick in den großen Saal gerichtet, wo schon einige Leute beim Essen saßen. Es roch verdammt gut, und als ich zur Essensausgabe kam, war meine Überraschung groß. Wie schon auf dem Speiseplan angekündigt, gab es drei Menüs zur Auswahl, aber das Tolle war, man konnte vorher begutachten, wie sie aussahen – schließlich speist man ja auch mit dem Auge. Ich stand verloren mit dem Mittagessen auf meinem Tablett im Raum herum. Vereinzelt saßen Leute an Tischen und blickten zu mir herüber. Es war vermutlich Neugierde, die sie zur Inspektion der Neuankömmlinge veranlassten. Nur leider war kein Neuer außer mir anwesend, weshalb alle – so war jedenfalls mein Eindruck – auf mich starrten. Ich wandte meinen Blick ab und suchte einen Platz in einer Ecke, wo die Sonne nicht hinkonnte und deshalb dort auch keiner saß. Das Gefühl, beobachtet zu werden, war mir sehr unangenehm. Ich begann dann in der Regel meistens etwas zu zittern und das sah blöd aus, wenn ich meine Suppe wieder vom Löffel schüttelte. Schnell wurde das vorzügliche Mittagessen verzehrt, um aus diesem Raum zu verschwinden. Ich blickte beim Verlassen des Speisesaals durch eine überdimensionale Panoramascheibe und sah zum ersten Mal während meines Aufenthaltes – es sollte noch vieles folgen – etwas sehr Schönes. Sie waren mir beim Eintreten aufgrund der Blicke, die auf mich gerichtet waren, nicht aufgefallen. Imposant und mächtig ragten sie aus dem Tal empor. Der »Loser« mit 1837 Metern der Hausberg und das Wahrzeichen dieser Region sowie die »Trisselwand« mit ihren 1755 Metern, die ich in späterer Folge noch erklommen habe, standen herrlich in der vollen Mittagssonne und blickten auf mich herab. In mein Gefängnis – wie es mir zu diesem Zeitpunkt noch schien –, das ich freiwillig bezogen hatte, um wieder zu mir zu finden.

Nach der Mittagsruhe, die ich in meinem Zimmer verbracht hatte und dabei versuchte, die Maserung des Holzes zu analysieren, aus dem das Inventar bestand, bereitete ich mich auf das erste Gespräch mit meiner Psychiaterin vor. Es kam mir ein komischer Gedanke. In jungen Jahren, auf dem Weg zum erträumten Ruhm mit meiner Band, dachte ich oft darüber nach, ob wir aufgrund unseres Erfolges auch einmal so neurotisch sein würden und einen Psychiater bräuchten. In Amerika war das ja gang und gäbe. Wer etwas auf sich hält, hat einen Psychiater, der jederzeit zur Stelle ist, wenn man Probleme hatte. »Ich hätte gerne darauf verzichtet«, dachte ich nun bei meinem Gang ins UG 2.

»Hallo«, und es kam ein »Hallo« zurück.

Jedes Mal, wenn ich jemanden traf, hieß es »Hallo.«

Und so begrüßte auch ich die mir zugeteilte Psychiaterin mit einem Händedruck und einem »Hallo.«

Vor mir stand eine Ärztin mittleren Alters mit braunen, kurzen Haaren und einer Nickel-Brille, die sie sehr kompetent wirken ließ. Trotzdem lag eine gewisse Wärme in ihren Augen, die Hilfsbereitschaft signalisierte. Sie war klein von Statur, hatte in etwa die Größe von Gabi. Vielleicht war sie mir deshalb auf Anhieb sympathisch? Ihr Büro war ein adaptiertes Patientenzimmer, das von ihrem Schreibtisch dominiert wurde. Ein Bücherregal, wie es alle Ärzte haben, fehlte natürlich auch nicht. Doch die obligate Couch, die man in allen Filmen sah, sobald jemand einen Therapeuten aufsuchte, war auch hier nicht zu finden. Sie bat mich daher, auf einem Stuhl an der Ecke ihres Schreibtisches Platz zu nehmen.

»Herr Stadlmann, erzählen Sie mir bitte etwas über Ihr Befinden«, war die erste Frage, die in Hochdeutsch über ihre schmalen Lippen kam. »Aha, keine Dosige, aber was soll's«, dachte ich und erzählte wieder einmal meine Geschichte.

»Sitzen Sie bequem?«, war ihre Zwischenfrage in einer Pause meiner Ausführungen.

»Was soll das?«, dachte ich, »will sie jetzt meine Geschichte hören oder Small Talk über Sitzgepflogenheiten mit mir führen?«

»Ja, warum?«, fragte ich und sah sie dabei fragend an.

»Weil Sie Ihre Füße immer auf Zehenspitzen stellen und Ihr rechter Arm etwas unter der Schreibtischplatte eingeklemmt ist. Ich kann mir nicht vorstellen, dass es so bequem für Sie ist.«

In ihrem leicht rundlichen Gesicht befanden sich zwei Augen, denen wohl nichts zu entgehen schien. Sie hatte eine scharfe Beobachtungsgabe und war geschult darauf, aus der Haltung der Person, die ihr gegenübersaß, ein Bild zu formen und daraus zu lesen. Ich zog den Sessel etwas nach links, stellte meine Füße parallel zueinander mit den Sohlen auf den Boden und sah sie an.

»Besser so?«, fragte sie, nachdem das Sesselrücken beendet war.

»Ja!«

»Was fühlen Sie gerade? Können Sie es mir beschreiben?«

Ihre Frage traf mich völlig unvorbereitet. Ich hatte keine Antwort parat. Kein Gefühl, außer dieser Gleichgültigkeit, und das wollte ich ihr nicht sagen. Auch nicht, dass ich am liebsten weinen würde, weil ich nicht mehr

116

weiterwusste. Nach einer kurzen Pause entschied ich mich für ein Gefühl der Nervosität.

»Ich bin nervös.«

»Jaaa ...«, kam es aus ihrem Mund, wobei die Betonung auf dem »a« lag und sich kehlig und daher tief anhörte.

»Haben Sie noch ein Gefühl?«

Ich musste nachdenken, da ich mich mit meinen Gefühlen nicht auskannte und mir ihrer zurzeit nicht so bewusst war. Zorn könnte ich noch sagen, der Zorn, hier in einer Art Verhör zu sitzen und mich nicht ausdrücken zu können. Auch der Unmut über meine Gesamtsituation war im Moment ein starkes Gefühl. Aber auch das konnte ich ihr nicht sagen. Die Angst, durch falsche Antworten mein wahres Ich zu zeigen und für längere Zeit hierbleiben zu müssen, kam in mir hoch. Darum dachte ich angestrengt nach, um noch irgendwo ein Gefühl zu finden, das »keinen Schaden« anrichten würde.

»Unsicherheit, über das, was mich hier erwartet.«

Es war zwar im Prinzip dasselbe wie Nervosität, aber es wurde mit einem erneuten: »Jaaa ...« quittiert. Nach Einschätzung meiner Persönlichkeit und ein paar Zwischenfragen kam sie zu dem Entschluss, mich der »interaktionellen Gruppe« zuzuteilen.

»Wären Sie in der Lage, morgen schon in die Gruppentherapie einzusteigen? Sie brauchen am Anfang nur zuzuhören, damit Sie lernen, wie das mit der Interaktion funktioniert.«

»Ich kann es ja versuchen«, war meine Antwort und ein positives Lächeln erhellte daraufhin ihr Gesicht.

»Außerdem teile ich Sie noch der Kunstgruppe und der Musiktherapie zu.«

Verdammt, ich hatte schon von einer Bekannten gehört, dass hier gerne gemalt wurde. Aber die Malerei war absolut nicht mein Ding.

»KUNST mir das nicht ersparen?«, wandte ich mich mit einem Lächeln noch einmal an die Ärztin.

Doch diesmal war in ihrem Gesicht keine Spur eines Lächelns zu finden. Mein Versuch, das Gespräch durch einen Scherz aufzulockern und dabei gleichzeitig meine Aversion gegen das Malen kundzutun, war gründlich misslungen – es wurde mir nicht erspart. Meine Frage die Heimfahrt am Wochenende betreffend beantwortete sie folgendermaßen: »In den drei Wochen, die Sie bei uns sind, können Sie ein Wochenende zu Hause verbringen. Wir legen diesen ›Heimaturlaub‹ meist auf das mittlere Wochenende der Therapiezeit, wenn Sie gefühlsmäßig schon etwas gefestigt sind. Sie brauchen nur die Zettel, die sich bei der Station befinden, auszufüllen und zu einem Gespräch mit mir mitzubringen. Ich werde sie Ihnen dann unterzeichnen.«

Ich bekam noch die Zeiten für die Einzelgespräche diktiert, die in meine Therapiekarte übertragen wurden, danach stand sie auf und reichte mir mit den Worten: »Alles Gute für die kommenden Wochen und einen erfolgreichen Aufenthalt« ihre Hand. Nachdem sich ihre Türe hinter mir geschlossen hatte, befand ich mich in einem Ausnahmezustand. Ich wollte weg, nur weg von hier und irgendwo untertauchen. So schnell ich konnte verkroch ich mich in meinem Zimmer und legte mich trotz des Sonnenscheins, der sich durch das Fenster Zugang verschafft hatte, ins Bett. Ich kniff meine Augen ganz fest zusammen, um sie nach einer gewissen Zeit wieder zu öffnen, in der Hoffnung, dass es sich hier nur um einen Albtraum handeln würde. Leider war in meinem Fall nur der Wunsch Vater des Gedanken und alles andere bittere Realität.

Ich telefonierte am späteren Nachmittag mit Gabi, um mich zu erkundigen, ob sie mit Tanja wohlbehalten zu Hause angekommen war, musste nach kurzem Gespräch mit ihr aber wieder auflegen. Als ich ihre sanfte Stimme vernahm, wurde ich mir meiner Liebe zu ihr wieder voll bewusst. Wie sehr ich sie in den letzten Jahren vernachlässigt hatte, sie oft gehänselt und ausgelacht hatte, wenn ihr etwas nicht so gelungen war, wie sie es wollte und sie sich darüber aufregte hatte, wie oft ich ihr meine Meinung aufgezwungen hatte, in Streit mit ihr verfallen war wegen lächerlicher Kleinigkeiten. All das und die Tatsache, dass ich sie länger nicht sehen würde, waren in diesem Moment zu viel für mich. Der Spiegel, der mir vors Gesicht gehalten wurde, erfüllte seinen Zweck. Ich konnte meine Tränen einfach nicht mehr zurückhalten. Ich lag in meinem Zimmer und heulte, bevor ich auflegte, wie ein kleines Kind ins Telefon, nicht mehr fähig, auch nur ein Wort zu sagen.

Als ich damals nach Rottenmann gebracht wurde und dieser zufällig anwesende Turnusarzt, dem ich heute noch sehr dankbar dafür bin, die Situation richtig erkannt und die Diagnose »Gehirnblutung« gestellt hatte, war ich nicht so betroffen wie an diesem Tag. Auch als besagter Arzt neben mir mit Gabi telefonierte und ihr mitteilte, dass für mich Lebensgefahr bestand, hatte ich nicht solche Endzeitgefühle, wie an diesem ersten Tag in der Klinik in Aussee. Ich wusste zwar im Moment nicht, wo genau der Unterschied zwischen »an diesem Tag« und »damals« lag, aber ich vermutete, dass »damals« mehr Motivation vorhanden war, an meiner Situation etwas zu ändern. Natürlich dank dieses Turnusarztes und der Ärzte im Landeskrankenhaus Graz – Abteilung Neurochirurgie –, die durch ihre Übersicht und ihr Können mir erst die Möglichkeit dazu gaben, wieder gesund zu werden und etwas zu verändern.

Ich saß also – wieder einmal einem Häuflein Elend gleich – in meinem Zimmer und verstand die Welt nicht mehr und wie sie sich für mich weiterdrehen sollte. Gabi erzählte mir später einmal bei einem gemütlichen Gespräch, das wir auf unserem Balkon bei Kaffee und Kuchen führten, dass sie das Telefonat sehr getroffen hatte und sie drauf und dran war, mich aus der Klinik herauszuholen. Noch nie hatte sie ihren Mann in einer so emotionalen Schieflage erlebt wie damals. Hätte ich mein Auto in der Klinik gehabt, wäre ich vermutlich nach Hause gefahren – und hätte dadurch alles noch schlimmer gemacht. In diesen Tagen bin ich froh, dass es damals so gelaufen war.

»Einfach raus hier«, dachte ich. »Raus, bevor mir die Decke auf den Kopf fällt.« ...

»Nutze die Macht der Natur«, suggerierte mir mein geschundenes Gehirn. »Sie hat dir doch schon so oft geholfen.«

So nahm ich meine verspiegelte Sonnenbrille – es musste ja nicht jeder sehen, dass ich geheult hatte – und machte mich, mit ein paar »Hallos« zu Leuten, die ich auf dem Gang traf, auf den Weg, um etwas die Gegend zu erkunden. Ordnungsgemäß im Stationsbuch ausgetragen, mit Uhrzeit und geplantem Ziel, wanderte ich zum »Sommersbergsee«, einem kleinen wunderbaren Almsee fünf Kilometer von der Klinik entfernt. Mit jedem Schritt, den ich machte, fingen meine neuronalen Netzwerke wieder mehr an zu arbeiten. Sie erholten sich langsam von diesem »Totalreset.« Die Energie und der Wille, mich zu verändern, wurden wieder stärker in mir. Die Zuversicht, mein Leben wieder in den Griff zu bekommen, gewann langsam die Oberhand. Ich inhalierte den vom Sommer geschwängerten Duft der grünen Wiesen, über die ich wanderte, und die Hitze der Sonne durchströmte meinen Körper. Ich war aus meinem Bau gekommen, bereit, die Jagd aufzunehmen, die Jagd nach meinem neuen Ich. Die dunklen Gedanken, die meine Seele beschlagnahmt hatten, wollte ich besiegen, ihre Baustelle wollte ich sprengen, zerstören – es sollte wieder Harmonie in mein Leben zurückkehren. Gefühle sollten wieder einen festen Platz in mir haben, sie beschreiben und ausleben zu können, war eines meiner Ziele. Nicht mehr in eine Situation zu kommen wie diese, in der mir alles und jeder egal war. Ich wollte wieder leben, wusste aber auch, dass meine Reise noch »ein Stück weit« dauern würde.

Nach dem Abendessen, das ohne zwischenmenschliche Beziehungen ablief, hatte ich eine Führung mit einem »Paten.« Das waren Leute, die sich schon ein oder zwei Wochen in der Klinik befanden und sich im Gebäude gut auskannten. Sie waren auch mit den täglichen Abläufen gut vertraut. Wir waren drei Neulinge, die nun von unserem Paten Wolfgang mit allem im Haus, das wichtig für uns war, vertraut gemacht wurden. Wo die Gruppentherapien stattfanden, wo die Physiotherapiestation war, wo man Wäsche waschen könnte usw. Ich hatte mir einen Plan zurechtgelegt, wie die Zeit, die ich in meinem Zimmer verbrachte, ablaufen sollte, ohne dass ich mich dabei eingesperrt fühlte. Ich begann Kreuzworträtsel zu lösen, um mein Gedächtnis zu trainieren, Bücher zu lesen, um meine Phantasie anzuregen und machte meine täglichen Turnübungen, um zusätzlich zu meinen Spaziergängen meinen Körper zu trainieren und fit zu halten.

Am nächsten Morgen stand nach einer mehr oder weniger durchwachten Nacht meine erste Gruppentherapie auf dem Programm. Auf jeder Etage befanden sich die sogenannten Therapieräume. Auf UG 2 die Gruppentherapie, auf UG 1 die Kunsttherapie und im Parterre Richtung Empfangshalle die Musiktherapie. Ich ging schon etwas früher zum Therapieraum, um vielleicht von einem Teilnehmer der Gruppe angesprochen zu werden. Sobald jemand anders die Initiative bei der Gesprächsanbahnung ergriff, hatte ich ja auch in letzter Zeit keine Probleme zu kommunizieren. Nur wagte ich selten den ersten Schritt – außer natürlich, ich kannte die Person sehr gut. Auf einer kleinen Veranda vor dem Gruppenraum stand ein drahtiger, sportlicher Mann um die Fünfzig. Er hatte eine Therapiekarte in der Hand und wartete. Ein freundliches »Hallo« kam mir entgegen, das ich erwiderte. Ich wagte einen Vorstoß: »Bin ich hier richtig zur Gruppentherapie der interaktionellen Gruppe?«

»Lass mal deine Karte sehen«, kam es von meinem Gegenüber. Mir fiel ein Stein vom Herzen. Alfons war sein Name, er kam aus Vorarlberg und sprach mit mir, und das auch noch in der »Du-Form.«

»Ja, hier bist du richtig, das ist die interaktionelle Gruppe.«

Die Veranda füllte sich und es waren noch der »Pate« Wolfgang sowie der zweite Neuankömmling Paul, der auch mit mir die Führung hatte, in dieser Gruppe mit dabei. Bis die Stunde begann, ergab sich ein nettes lockeres Gespräch, in dem Paul und ich von Alfons und Wolfgang ein wenig über das Kommende informiert wurden. Nur das hübsche blonde Mädchen der gestrigen Führung dürfte einer anderen Gruppe zugeteilt worden sein. Sie war nicht anwesend.

Die Gruppe leitete eine erfahrene, adrette, Psychiaterin im Zusammenspiel mit einer jüngeren Assistentin, die aber auch schon fertig ausgebildet war. So saß ich also in diesem Gruppenraum auf meinem Stuhl im Kreise der Anwesenden – vier Frauen und vier Männer – und harrte der Dinge, die da kommen würden. Meine Angst und Nervosität, die vor Kurzem noch greifbar waren, war einem Gefühl der Neugierde gewichen. Die Leiterin der Gruppe erklärte für die Gruppenmitglieder die Regeln dieser Gesprächsrunde und jeder Teilnehmer stellte sich kurz mit Namen, Wohnort und Dauer seines bisherigen Aufenthalts vor. Auch der Grund des Aufenthalts war kein Geheimnis und so ergab es sich, dass bis auf zwei Damen, alle wegen Burnout hier waren. Als ich mich der Gruppe vorstellte, hatte das irgendwie ein befreiendes Gefühl für mich. Ein Gefühl der Zugehörigkeit war entstanden. Ich fühlte mich wohler und ein kleiner Funke Hoffnung keimte in mir auf, nun endlich zu erfahren, wie ich gegen dieses Burnout vorgehen müsste – um zu siegen.

Die Gruppenleiterin wies alle Teilnehmer darauf hin, dass es jedem gestattet sei, die Gruppe zu verlassen, sollte man sich nicht mehr wohlfühlen und am Gespräch nicht mehr teilnehmen wollen. Man könne nur den Kreis oder aber auch den Raum verlassen. Nur müsse man sich dann auf der Station melden und diese würde an die Gruppenleiterin weitergeben, ob man sein Zimmer erreicht hätte. Wichtig war auch – sollte man sich an der Diskussion beteiligen – bei den eigenen Ausführungen in der »Ich-Form« zu bleiben. Und abschließend wurde noch darauf hingewiesen, dass alles in diesem Raum Gesprochene auch in diesem Raum bleiben müsste. Diese Regeln galten übrigens auch für die Kunst- und Musiktherapie.

Alles war ruhig und keiner wollte zu reden beginnen. Die Situation war äußerst unangenehm, aber irgendwie auch wieder komisch. Was sollte das hier? Erwachsene Menschen saßen im Kreis und starrten auf den Boden, wie kleine Kinder in einem Kindergarten, die böse waren aufeinander oder etwas angestellt hatten. Deswegen waren wir doch nicht hier? Mich wunderte, dass die Psychiaterin die Diskussion nicht startete, aber das gehörte vermutlich zu diesem Programm. Wolfgang, der schon länger der Gruppe angehörte, begann endlich nach einigen Minuten des Schweigens, die mich wieder nervös machten zu reden und so wurde im Laufe der fünfzig Minuten, die so eine Sitzung dauert, doch noch viel be- und gesprochen. Ich konnte über meine derzeitigen Gefühle und Probleme genauso reden wie alle anderen über die ihren. Toll fand ich, dass nur derjenige sprach, der das Wort hatte – alle anderen hörten aufmerksam zu. So kam es niemals zu einem

Durcheinander der Gedanken. Nach dieser ersten meiner Meinung nach sehr intensiven Stunde begab ich mich auf mein Zimmer. Die Aufmerksamkeit, die ich erbringen musste, um den Gesprächen zu folgen und auch richtig zu antworten, falls ich eingebunden wurde, hatte mich doch sehr angestrengt. Aber ich war stolz darauf, mich sofort in die Gruppe eingebracht zu haben.

Am Nachmittag stand Malen auf dem Programm. Meine absolute »Lieblingsbeschäftigung.« Ich wusste nicht, woher meine Aversion gegen das Malen kam, aber sie war vorhanden. Eine jüngere Psychiaterin, die wie ich vermutete, so Anfang dreißig war, leitete die Gruppe. Sie war groß gewachsen und hatte langes blondes Haar. Sie saß in einer Ecke des Raumes an ihrem Schreibtisch und mit einem freundlichen Lächeln, das sehr vertrauenserweckend wirkte, begrüßte sie die einzelnen Mitglieder der Gruppe, die nun an einem großen Tisch Platz nahmen. Interessiert wurden von ihr nun die beiden Neuzugänge unter die Lupe genommen. Genauso interessiert, wie ich den Raum in Augenschein nahm. Überall waren Farbreste auf den Tischen und an den Wänden, überall lag Papier herum, entweder bemaltes oder unbemaltes. Vermutlich war es diese Unordnung, die mich nervös machte, aber es half nichts, ich musste da durch auf meiner Reise zurück zu mir. Beim Malen war entweder ein Thema vorgegeben oder man malte frei und die Bilder wurden anschließend von der Gruppe und der Psychiaterin analysiert. Ich hatte aber keinerlei Druck, zu einem Picasso zu werden. Auch wenn ich nur ein paar Striche mit Farbe gemalt hätte oder nur einen Punkt, es gab keine Bewertung, ob ich malen konnte oder nicht. Wichtiger war es, aufgrund des gemalten Bildes die Stimmung seines Schöpfers zu ergründen. So war mein erstes »Kunstwerk« ein Segelschiff, das sich durch die sturmgepeitschte See kämpfte, auf der Suche nach einem sicheren Ankerplatz. Die Wellen versuchten, das Boot mit haushohen Brechern daran zu hindern. An Land standen grüne Palmen, die sich geschmeidig und biegsam im Hurrikan bogen. Es war mein Ziel, wieder Land zu erreichen und mein Schiff an den Bäumen, die jedem Sturm standzuhalten schienen, festzumachen. Die Kraft dieser Bäume sollten mir und meinem Boot Sicherheit und Halt geben. Am Himmel versuchte indessen die Sonne, die dunkle, bleierne Wolkendecke des Gewittersturms zu durchbrechen, um dem Toben der Elemente Einhalt zu gebieten. Wie im richtigen Leben.

Schon an meinem ersten Tag hatte ich so viel erlebt und in mich auf genommen, wie in den acht Monaten, in denen ich zu Hause auf etwas wartete. Ich war ein wenig stolz auf mich, die erste Hürde genommen zu haben. Malen wird auch weiterhin nicht zu meinen Hobbys gehören, aber ich fühlte eine gewisse Sehnsucht in mir bei der Gestaltung meines Werkes. Und die Energie, die sich sammelte, bei dem Wunsch, dieses Bild Wirklichkeit werden zu lassen.

Auf die Musiktherapie, die wir immer mittwochs hatten, freute ich mich schon sehr, obwohl ich mir absolut nicht vorstellen konnte, was dort abgehen würde. Also mutmaßte ich, dass die Gruppe Musik hören würde und dann über das Gehörte diskutieren sollte. Nachdem das nun schon die dritte Therapie in Gruppenform war, und sich die Mitglieder der Gruppe untereinander kannten, verspürte ich absolut keine Nervosität mehr. Im Gegenteil, ich freute mich schon auf das, was nun kommen würde: Mein Gefühl der Neugierde war geweckt. Die Leitern der Therapiegruppe, mittelgroß, sportlich, mit brünetten, kurz gehaltenen Haaren, war ebenfalls eine sehr sympathische Erscheinung. Wenn sie mit mir oder einem anderen aus der Gruppe in Interaktion trat, war sehr viel positive Energie spürbar. Sie hielt dabei den Augenkontakt mit ihren schönen, großen, dunklen Augen sehr lange aufrecht, um in uns zu lesen – begleitet von einem freundlichen Lächeln.

Unsere Gruppe musste versuchen, mit den vorhandenen Instrumenten – Trommeln, Klangschalen, Harfen, Klavier und noch manch exotischerem Musikgerät – miteinander zu kommunizieren. Das lief so ab, dass ich zum Beispiel auf eine Trommel schlug und Paul, Maria oder ein anderes Mitglied der Gruppe mit seinem Instrument antwortete. Es war teilweise sehr interessant, wie sich das Trommeln aufgrund der Emotionen, die damit verbunden waren, entwickelte, mitunter aber auch anstrengend. Auch gemalt wurde manchmal, aber mittlerweile hatte ich mich schon daran gewöhnt. In dieser Gruppe wurde auch nur mit Wachskreiden gearbeitet, was die »Patzerei« etwas minimierte. Interessant fand ich eine Sitzung, in der eine Imagination (Entspannungstherapie) durchgeführt wurde. Wir versuchten anschließend, zur Melodie von Friedrich Smetanas »Die Moldau« einen großen Bogen Packpapier mit Wachskreide und geschlossenen Augen zu bemalen. Zuerst mit roter, dann mit gelber Wachskreide – ich hatte mich für diese Farben entschlossen – und unter kreisenden Bewegungen versuchte ich, meine Gefühle auszudrücken und den Bogen Packpapier dabei zu bemalen.

Es wurde ein Meisterwerk – für mich!

Diese interessante Stunde mit Musik und dem Spaßfaktor des alles Rauslassens hatte mich ungeheuer belebt. Obwohl meine Arme müde waren vom Malen der Kreise, war mein Geist hellwach. Anschließend in meinem Zimmer lag ich auf dem Bett und betrachtete die mir gegenüberliegende, weiße Wand. Sie war zu einer Art Symbol für mich geworden, ein Abbild meines momentanen Lebens. Alles war ausradiert – gelöscht, doch ich hatte die Chance bekommen und konnte nochmals von vorne beginnen. Ich wollte mein Leben mit neuen, sinnvollen Inhalten füllen und die bestehenden Strukturen verbessern und festigen. Um das zu lernen, war ich hier. Als ob jemand einen Schalter umgelegt hätte, war ich plötzlich von Energie und Motivation erfüllt. Ich wollte aus den verschiedenen Therapien möglichst viel, was für mich verwertbar war, mitnehmen. Auch die Mitglieder meiner Gruppe sollten von meinen Erzählungen und meiner Energie, die ich verspürte und in die Sitzungen einbrachte, profitieren. Meine Stimmung hob sich von Tag zu Tag und durch die gesamte Gruppe ging ein Ruck, gepaart mit Offenheit und teilweise auch Freude während unserer Gespräche. Natürlich waren wir nicht jeden Tag gleich gut drauf in diesen drei Wochen, aber meine Einstellung und der Wille, etwas zu lernen, hatten sich radikal gewandelt. Ab diesem Tag hatte ich einen neuen Spitznamen: »Die 100-Watt-Birne.«

Aber das war mir noch nicht genug. Ich wollte zum neuen »Monsieur 100 000 Volt« werden, dem legitimen Nachfolger von Monsieur Gilbert Becaud.

Reden – Malen – Musizieren, auf diesen drei Säulen baute ich in jenen Tag die Grundfesten meines neuen Hauses. Und da ein Haus auf drei Säulen nicht sicher steht, nahm ich als vierte und meiner Meinung nach stärkste Säule die Natur noch dazu. Das war ein Fundament, auf das ich bauen konnte.

Es war nun an der Zeit, ein weiteres Problem in Angriff zu nehmen und zwar diese Sache mit der Vergesslichkeit. Also nahm ich ein Buch zur Hand und lernte ein Gedicht daraus auswendig. »Sozusagen grundlos vergnügt« drückte für mich in jenen Tagen – und das hat sich nicht geändert – am besten aus, worauf es eigentlich ankommt im Leben. Auch passte es gerade zu meiner Aufbruchsstimmung. Dieses wunderschöne, inspirierende Gedicht von Mascha Kaleko mit 26 Zeilen und sehr viel Inhalt hatte ich in ein paar Stunden auswendig gelernt und mir innerhalb weniger Tage verinnerlicht. Wachte ich wieder einmal morgens um drei Uhr auf, sagte ich mir die Verse vor und sie gaben mir Kraft, Ruhe und ein gutes Gefühl. Meistens schlief ich danach sogar wieder ein.

Ich lernte wieder und sah, dass ich auch etwas behalten konnte, wenn ich wollte. Mein Wille war es, der es mir ermöglichte, gewisse Dinge nun in einem anderen Licht zu sehen. Mein Schiff hatte Kurs auf die Heimat genommen.

Meine neue Einstellung, die Gruppentherapien und meine Wanderungen in der wundervollen Natur bei herrlichem Sonnenschein – es war wirklich immer schön – in und um Bad Aussee hatten mir Freude bereitet und viel Kraft gegeben. Und natürlich spielte dabei auch der Gedanke an meine Familie, der mich zusätzlich motivierte, wenn ich Fortschritte machte, eine große Rolle. Es waren jedoch körperlich noch Probleme mit meiner Schulter und meinem Rücken vorhanden und so kam es mir sehr gelegen, dass ich eine Physiotherapie besuchen durfte. Nachdem ich, nach einiger Zeit des Suchens, die Therapieräumlichkeiten gefunden hatte, stellte sich mir eine junge Dame als Physiotherapeutin vor. In ihrem hübschen Gesicht stand ein vertrauenerweckendes Lächeln und so warf ich meine skeptischen Überlegungen – »Sie ist aber noch sehr jung. Ob sie schon weiß was sie da macht?« – über Bord.

»Hallo, Herr Stadlmann«, begrüßte sie mich, nachdem sie meinen Namen auf der Therapiekarte gelesen hatte. »Folgen Sie mir bitte in den Therapieraum. Wo zwickt es denn?«, schickte sie noch in bayrischem Akzent hinterher. Sie kam nämlich wie viele der Therapeuten der Klinik aus Deutschland, Pardon – aus Bayern. Sie öffnete mir die Tür zum Therapieraum und ich brachte kein Wort mehr heraus. Es bot sich mir ein Anblick, den ich wohl nie vergessen werde, so wie vermutlich die Therapeutin mein Gesicht. Ich war zum ersten Mal in meinem Leben bei einer Physiotherapie, glaubte aber, in einer Folterkammer zu sein. In der Mitte ein Behandlungstisch und darüber ein Metallgestell mit spinnenartigen Auslegern zum Einhängen der Schnüre, die in großer Zahl an der Wand vorhanden waren. Sie lachte herzhaft, als sie mein verdutztes Gesicht sah und sagte: »Keine Angst, wir werden nicht alles verwenden«, dabei zwinkerte sie mir schelmisch zu.

»Da bin ich ja beruhigt. Mir tut auch gar nichts mehr weh«, entgegnete ich mit sorgenvoller Besuch-beim-Zahnarztmiene.

»Hier steht, dass Sie ein Problem mit Ihrer rechten Schulter haben. Ich würde Ihnen aber gerne noch ein paar Fragen stellen, um zu ermitteln, wo es sonst noch zwickt.«

»Im Moment bin ich eher wegen eines Problems im Lendenwirbelbereich hier. Ich habe beim Heben eines Koffers einen brennenden Schmerz verspürt und seitdem bin ich etwas unbeweglich.«

»Das kriegen wir schon wieder hin«, antwortete sie voller Zuversicht.

Nachdem sie mir noch ein paar Fragen über das Wie und Wo des Schmerzes gestellt hatte, begann sie mit der Behandlung. Und sie wusste genau, wovon sie gesprochen und was sie zu tun hatte. Man sollte die Jugend nicht unterschätzen. Leider war die Zeit auf 45 Minuten begrenzt. Schon nach der ersten Einheit im Gruselkabinett war eine wesentliche Besserung spürbar. Ich freute mich daher schon auf die nächsten Behandlungen. Sie hatte mich körperlich in der kurzen Zeit tatsächlich auf Vordermann gebracht und meine verrenkten Wirbel wieder geradegebogen – so gut es eben noch ging. Auch einige Übungen wurden mir noch mit auf den Weg gegeben, um meine Fitness zu verbessern und auch zu erhalten.

Schön wäre es, wenn auf der psychischen Seite die Erfolge auch so zu sehen oder zu spüren wären. Da dem allerdings nicht so war, konnte das Leben manchmal etwas kompliziert sein. Darum versuchte ich das Konzept: »Ein gesunder Geist in einem gesunden Körper« etwas zu verändern und meinen Körper darauf vorzubereiten, dass er bald wieder einen gesunden Geist bekommen würde. Entscheidend zum Gelingen meines Vorhabens beigetragen hatten die Mitglieder meiner Therapiegruppe. Sie waren hierhergekommen, obwohl es für viele bestimmt nicht leicht war, um an der Situation, in der sie sich befanden, etwas zu ändern. Wie eine Kollegin in der Gruppe einmal so trefflich gemeint hatte: »Wir sind die Elite – wir haben die Kraft, uns der Herausforderung, die uns diese Krise auferlegt hat, zu stellen.«

In Einzelgesprächen, die zweimal die Woche stattfanden, befragte mich meine Therapeutin oft zu meinen momentanen Gefühlen. Am Anfang dieses Aufenthalts wusste ich gar nicht, was sie damit meinte. Erst nach zwei, drei Sitzungen konnte ich die Gefühle der Hoffnung, der Freude, der Euphorie, der Entschlossenheit, des Glücks und noch einige mehr beschreiben. Und vor allem konnte ich beschreiben, wie sie sich in meinem Körper anfühlten. Als das gelang, war ich auf einem guten Weg, meinen Geist wieder mit meinem Körper zu vereinen. Doch auch in dieser Phase war es sehr wichtig, Schritt für Schritt zu gehen. Ich durfte mich nicht meiner momentanen Euphorie hingeben und plötzlich beginnen zu laufen. Die Angst, dadurch meine dunklen Gedanken wieder zu erwecken, war nach wie vor da.

»In der Ruhe liegt die Kraft«, dieser Spruch kommt nicht von ungefähr und hat seine Daseinsberechtigung.

Die Gleichgültigkeit hatte in jenen Tagen mein Leben umschlungen und der Druck, der sich in mir aufgebaut hatte, wurde dadurch immer stärker. Nun wurde er abgebaut und der Klub der finsteren Gedanken sah den hellen Schein der positiven Gedanken und somit das Ende seiner Herrschaft über mich unausweichlich auf sich zukommen. Allerdings ging das nicht von heute auf morgen, die dunklen Gedanken waren in großer Zahl vorhanden und ich konnte sie nur langsam in die Knie zwingen. Einige standen zwischendurch immer wieder auf und versuchten zurückzuschlagen.

Letzte Etappe

Ich möchte an dieser Stelle nicht bestreiten, dass ich in der Klinik viele gesehen habe, die tiefer als ich im Sumpf der Depression und der Angstzustände gefangen waren. Es würde immer Menschen geben, die noch viel schlimmer vom Schicksal im Leben getroffen waren als ich. Gott zu danken in meiner Sinnkrise und nicht immer nur zu nörgeln, dass es mir so schlecht ging, war ein erster Schritt auf meinem Weg zur Heilung. Ich hatte es verabsäumt, mich bei Gott zu bedanken, als es mir gut ging, war aber überzeugt, dass ich nicht deswegen bestraft wurde und das Burnout empfangen hatte. In dieser für mich und meine Familie so schweren Zeit hatte ich wieder mehr zum Glauben zurückgefunden. Er hat mir die Kraft gegeben, mich wieder aufzurichten und positiv zu denken. Ich bin nach wie vor kein Mensch, der am Sonntag zur Kirche geht, aber in stillen Momenten, beim Wandern oder an schönen Tagen auf unserem Balkon hatte ich in letzter Zeit öfter meine Gedanken mit dem Herrn ausgetauscht.

Je länger ich die Mitglieder meiner Gruppe kannte, umso interessanter wurden unsere Gespräche, da sich fast alle immer mehr in die Diskussionen einbrachten. Schade war nur, dass es in den drei Wochen immer wieder zu einem Personenwechsel kam und es daher wieder etwas Zeit benötigte, bis wir das neue Therapiemitglied in die Gruppe integriert hatten. Diese Gruppenintegration war jedoch eine Herausforderung, gleichzeitig aber eine interessante und lohnende Aufgabe, einem Menschen zu helfen, und schlussendlich damit auch sich selbst.

In diesen drei Wochen, die ich in der Klinik verbringen durfte, hatte ich sehr viel für mein weiteres Leben gelernt. Psychisch und physisch gestärkt wandte ich mich nun wieder dem Alltag zu. Ich sah positiv in meine Zukunft und würde ruhig und überlegt versuchen, mich neu zu orientieren. Es lag nun an mir, das Erlernte umzusetzen, um in Zukunft nicht mehr in eine Situation des »Ausgebranntseins« zu geraten, auch wenn es einmal stressig werden sollte. Natürlich würde das nicht leicht werden. Im Leben würden Situationen eintreten, die man nicht vorhersehen konnte. »Da draußen ist die Welt eine andere«, hatte jemand aus meiner Gruppe bei einer Sitzung einmal gesagt. Aber ich hatte mir ein paar Brücken gebaut, über die ich in Notsituationen gehen wollte und die mich dorthin bringen sollten, wo ich Ruhe finden konnte. Diese Ruhe, die ich brauchen würde, um die Stürme des Lebens auf meiner langen Reise zu meistern.

Und sollten dunkle Schatten meiner Seele wieder das Licht nehmen, würde ich an die weiße Wand in meinem Zimmer in Bad Aussee denken, die ich mit sinnvollen Inhalten und fröhlichen Farben füllen wollte.

Verabschiedet hatte ich mich vor versammeltem Team und allen Bewohnern der Klinik beim Freitagsplenum mit folgendem Spruch: »Patient 1318/06 verabschiedet sich.« Was allgemeines Erstaunen – auch bei den Therapeuten und Psychiatern – zur Folge hatte, bis ich nach kurzer Pause aufklärte.

»Die Kennung meines Rauchmelders in meinem Zimmer war 1318/06. An den ersten beiden Tage starrte ich – auf meinem Bett liegend – mit Tränen in den Augen zur Zimmerdecke und sah nur diese Zahl.«

»Jetzt sehe ich viel weiter.«

Abschließende Betrachtungen

Als ich im Jänner 1961 das Licht der Welt erblickte, hätte ich mir nicht träumen lassen, 47 Jahre später in diesem Schlamassel zu stecken – und doch: Wenn ich in diesen Tagen darauf zurückblicke, was alles passiert ist, möchte ich sagen: »Es war trotz aller Widrigkeiten ein wertvolles Jahr für mich.« Ich war nicht mehr der »Alte« (so wie Gabi es vorhergesagt hatte) und würde es auch nie mehr werden. Meine Art, über Dinge zu denken, hatte sich in mancherlei Hinsicht geändert. Ich »musste« nicht mehr alles haben, »durfte« mich aber freuen über das, was ich hatte. Und dass weniger oft mehr ist, wurde mir in dieser Lernphase meines Lebens mehrmals bewusst. Aus mir ist ein Mensch geworden, der wieder Neugierde verspürt, der wieder etwas probieren will – wie aus diesen Zeilen ersichtlich ist –, der wieder Freude hat, mit dem, was er macht und der mehr überlegt, bei dem, was er tut. Aber vor allem einer, der mit offenen Augen durch das Leben und durch die Natur wandert und ihre Kraft, die sie ja zweifellos gibt, dankend angenommen hat.

Ich hatte auch gelernt, nicht mehr bedingungslos »JA« zu sagen. Auch nicht bei sehr guten Freunden. Wenn es richtige Freunde sind, würden sie es verstehen.

Vielleicht konnte ich Ihnen mit diesem Buch einen Einblick in mein Leben geben, wie es sich mit der Diagnose »Burnout« gestaltet hatte. Welche Gefühle, Ängste, Sorgen mich in manchen Situationen plagten. Jede Person ist natürlich ein Individuum und wird zu »seiner Seele« einen eigenen Bezug haben. So wird sich auch vieles, wie Ablauf und Heilung und wie man damit umgeht, anders gestalten. Aber das Wichtigste, das ich aus dieser Krise gelernt habe: Ohne Eigenmotivation, ohne den absoluten Willen, an diesem schrecklichen Zustand des »Ausbrennens« etwas ändern zu »wollen«, kann man sich aus der Umklammerung der finsteren Gedanken nicht befreien. Besuche bei Psychiatern und Therapeuten, Aufenthalte in Kliniken, das sind nur Hilfen, die man, sollte die Möglichkeit dazu bestehen, unterstützend annehmen sollte.

Ich für meinen Teil gehe nach wie vor sehr gerne in die Natur oder entspanne mich bei autogenem Training. Auch beim Schreiben dieser Zeilen konnte ich mich entspannen und die Ruhe dabei genießen. Jeder sollte für sich herausfinden, was ihm hilft und diesen Weg konsequent weiterverfolgen, um sich zu stabilisieren.

Noch ist meine Reise nicht zu Ende. Wir schreiben das Jahr 2009 – Mitte April – und es gilt noch viele Untiefen zu umschiffen, viele Kursänderungen vorzunehmen, selbst zu bestimmen, Segel zu setzen, um vorwärtszukommen, aber auch Segel zu bergen, sollte Sturm aufkommen. Geduld, Ruhe und Übersicht sollten auf jedem Boot an oberster Stelle stehen und so möchte ich es als Skipper meines Bootes »Neues Leben« auch handhaben.

Dass positive Gedanken Kraft geben, ist ja hinlänglich bekannt. Die Schwierigkeit besteht allerdings darin, sie in Bedrängnis und scheinbar ausweglosen Situationen auch aufzuspüren. Wenn ich jedoch nicht resigniere und nach ihnen suche, werde ich sie mit Sicherheit finden. Ich hatte im letzten halben Jahr nach meinem Klinikbesuch oft Gelegenheit dazu. Dadurch, dass ich aber fast jeden Tag an diesem Buch gearbeitet hatte, konnte ich mich immer wieder neu motivieren, da ich ja (nach)lesen konnte, was ich mir vorgenommen habe. Niemals aufzugeben, jeden Tag an mir zu arbeiten, mir Ziele zu setzen, die erreichbar sind, mich nicht durch Rückschläge entmutigen zu lassen, sondern den – »Jetzt-erst-recht-Gedanken« in den Vordergrund zu stellen, dies soll der richtige Weg für mich und für jeden von uns sein. Beim Schreiben dieser Zeilen und bei der Suche nach jemandem, der mir dabei hilft, sie später in ein Buch umzusetzen, habe ich viele Rückschläge hinnehmen müssen, aber auch viele nette und hilfsbereite Menschen kennengelernt. Ich habe gelernt, meine Emotionen, die ja in diesem Buch ausreichend Platz gefunden haben, zu zügeln und andere Lösungen für meine Probleme zu finden.

Rückblick auf das Jahr 2008

Der Segeltörn im Juni führte uns auf neuen Routen durch die wundervolle kroatische Inselwelt. Auf unserem Charterboot, der »Tiare«, segelten wir von Kastela zur *blauen Grotte* nach Biševo. Es war aber aufgrund meiner Stimmung – ich konnte meine Sorgen einfach nicht über Bord werfen – nicht ganz so toll wie die vorigen Törns, trotz der großartigen Organisation unseres Skippers und des Kapitäns und des wunderbaren Wetters, das wir immer hatten.

Bei Untersuchungen durch Fachärzte, deren Gutachten ich für mein Pensionsansuchen brauchte, habe ich gelernt, dass es auch noch andere Ärzte gibt, die schlechte Tage haben und einem Patienten sein Leben dadurch noch zusätzlich etwas erschweren können.

Im Oktober musste ich bei einem schon etwas älteren Internisten in Leoben zu einer Untersuchung erscheinen. Nachdem er mich kurz gesehen hatte, waren seine ersten Sätze: »Was wollen Sie denn hier? Sie sind ja noch jung!« Ich erklärte ihm die Sachlage und teilte ihm mit, dass ich nicht mehr in der Lage wäre, im Verkauf zu arbeiten und das auch nicht mehr wollte. Es folgte darauf sein dritter Satz, der da lautete: »Was Sie wollen, interessiert hier keinen.« Alles klar – ich hatte verstanden.

Ich wurde auch noch von einem »Gerichtlich beeideten Psychiater« in Graz begutachtet. Nachdem ich ihm meine Geschichte erzählt und ihm erklärt hatte, wie ich mich im Moment fühlte, war er an der Reihe, aktiv zu werden. Er klopfte mir mit einem Hämmerchen auf das Knie, vermutlich um zu sehen, ob irgendetwas an mir noch lebte. Nachdem er festgestellt hatte – das Bein hat kurz gezuckt –, dass ich noch lauffähig war, entließ er mich mit dem frommen Wunsch: »Ich wünsche Ihnen alles Gute.« – Danke!

Die Zeit von November 2008 bis März 2009 hat mich aufgrund der tristen Herbst- und kalten Wintertage deutlich mehr gefordert und ich hatte mit wesentlich mehr Ups and Downs zu kämpfen als im Frühjahr, wo nun alles zu blühen beginnt. Womit für mich eindeutig erwiesen ist, dass die Natur ihre Kraft auf mich überträgt.

Sollte ich wieder auf Arbeitssuche gehen, wird es nicht einfach sein, in meinem Alter etwas zu finden – außer ein Dienstgeber sieht es wie ich:

Alter = Erfahrung und Zuverlässigkeit. Wie man sieht, es ist alles immer nur eine Frage des Blickwinkels.

Allen Betroffenen, die am Burnout-Syndrom leiden, möchte ich noch Mut, Hoffnung und Zuversicht geben, auf diesem endlos scheinenden Weg, den auch ich noch nicht zu Ende gegangen bin. Mit jedem Schritt, den ich mache, komme ich meinem Ziel jedoch näher.

Um nochmals auf den jungen und sehr mutigen Einhandsegler Jesse Martin zurückzukommen. In seinem Buch schrieb er auch noch:»In jedem von uns ruht ein träumendes Kind.«

Hüten wir dieses Kind, das uns von Gott gegeben wurde, umsorgen wir es, füttern wir es mit unseren Gedanken, aus denen es wieder neue Träume für uns entstehen lässt. Träume inspirieren die Menschen, Menschen, die träumen, können auf dieser Welt vieles bewirken. Träume sind nicht vom Alter abhängig, sondern vom Menschen, der sie träumt. Auch ich hatte einen Traum ...

Sie halten ihn in Händen.

Sie erreichen den Autor unter www.steirerbua.at.

Anhang[1]

Warnsymptome der Anfangsphase

Zunächst gibt es die Theorie, die besagt: »Wer ausbrennt, muss einmal gebrannt haben.«

Auffallende Merkmale der Anfangsphase sind beispielsweise:

- vermehrtes Engagement für bestimmte Ziele
- man arbeitet nahezu pausenlos
- verzichtet auf Erholungs- oder Entspannungsphasen
- fühlt sich unentbehrlich und vollkommen
- um das darzustellen, entwerten Betroffene häufig andere Teammitglieder
- und machen sich so bei Kollegen unbeliebt
- der Beruf wird zum hauptsächlichen Lebensinhalt
- Nichtbeachten eigener Bedürfnisse
- Verdrängen von Misserfolgen
- Beschränkung sozialer Kontakte auf einen Bereich, z. B. die Kunden, Partnervernachlässigung
- Erschöpfung
- chronische Müdigkeit
- Suche von Ablenkung und Trost in Alkohol, Tabak, vielem Essen oder häufigerem Sex
- Konzentrationsschwäche, Schlafstörungen
- Drehschwindel
- dass auch akute Überbelastung, z. B. in Grenzlagen, zu Burnout führen kann, ist noch genauer zu erforschen.

---

[1] Wikipedia. Die freie Enzyklopädie. Zuletzt geändert am 23.05.2009, 09:27 Url: de.wikipedia.org/wiki/Burnout-Syndrom

Reduziertes Engagement

Die völlige Hinwendung zu einem Bereich, z. B. zum Klienten in der Arbeit, kann nach einiger Zeit genau das Gegenteil hervorrufen, nämlich den Rückzug.

Folgende auffallende Merkmale sind zu beobachten:

der Patient verliert die positiven Gefühle gegenüber dem Klienten

- Stereotypisierung
- Distanzbedürfnis und Meidung von Kontakten
- Schuldzuweisungen an andere (aggressives Verhalten) und an sich selber (depressives Verhalten)
- verstärkte Akzeptanz von Kontrollmitteln, Strafen, Medikamenten, Alkohol
- negative Einstellung und Vernachlässigung der Arbeit
- verstärkter Rückzug von Problemen mit anderen oder von der Familie, den Partnern, Freunden etc., da auch in anderen Bereichen Reden und Zuhören zum Problem wird
- der Patient stellt erhöhte Ansprüche an sein Umfeld und hat häufig das Gefühl, ausgenutzt und nicht genug anerkannt zu werden.

Schuldzuweisungen als emotionale Reaktion

Die mit Burnout verbundenen Probleme führen besonders zur Desillusionierung und fordern oft das Aufgeben von wichtigen Lebenszielen. Dies ist sehr schmerzlich und muss verarbeitet werden. Um die Aufarbeitung zu vermeiden, kommt es häufig zu Schuldzuweisungen. Diese kann sich entweder in Form einer Depression gegen sich selbst oder in Form von Aggressionen gegen andere wenden.

Bei Depression fühlen sich die Patienten hilflos, sie entwickeln Schuldgefühle und mindern ihr Selbstwertgefühl.

Bei Aggression werden verstärkt der Umwelt Vorwürfe gemacht – beispielsweise in der Arbeit Veränderungen blockiert und es kommt häufiger zu Wutausbrüchen.

Bei Depression und Aggression ist das Burnout meist noch in einem Stadium, in dem man die Probleme, wenn man sie ernst nimmt, erfolgreich lösen kann.

Abbau

Burnoutprobleme über längere Zeit führen zu einem Abbau des Engagements, das zunächst in der Arbeit sichtbar wird.

Folgende Symptome fallen hier besonders auf:

- Desorganisation
- Unsicherheit
- Probleme bei komplexen Aufgaben und Entscheidungen, verringerte kognitive Leistungsfähigkeit
- verminderte Motivation und Kreativität
- die Arbeit wird gerne auf den Dienst nach Vorschrift reduziert

Auch das Privatleben wird beeinträchtigt: Die Betroffenen ziehen sich immer mehr zurück, pflegen kaum mehr Freundschaften, trennen sich vom Partner; unternehmen sie nichts dagegen, vereinsamen sie.

Verflachung

Zudem kommt es nicht nur zum Abbau in der Arbeit, sondern auch generell zur Verflachung des emotionalen, mentalen und sozialen Lebens.

Folgende Symptome treten häufig auf:

- Gefühle wie Gleichgültigkeit, Einsamkeit und Desinteresse
- Konzentration auf die eigene Person
- Probleme bei sozialen Kontakten:
- Vermeidung von Kontakten
- übertriebene Bindung an eine bestimmte Person
- ständige Suche nach interessanteren Kontakten

Psychosomatische Reaktionen

Es kommt zu einer Schwächung des Immunsystems und so häufiger zu Infektionskrankheiten. Weitere psychosomatische Erkrankungen sind oft Verspannungen, Schlafstörungen, Kreislaufprobleme, Verdauungs- und Essstörungen sowie bei fortgeschrittener Erkrankung auch Herzkrankheiten, Geschwüre im Magen-Darm-Trakt, schwerer Tinnitus und Begünstigung der Krebsentwicklung. Weiterhin kommt gesteigerter Drogenkonsum vor, unter anderem auch Alkoholmissbrauch.

Verzweiflung

Ein weiteres Symptom, das überwiegend im Endstadium des Burnouts auftritt, ist die existenzielle Verzweiflung. Die Einstellung zum Leben ist überwiegend negativ und das Gefühl der Hilflosigkeit verdichtet sich zur totalen Sinnlosigkeit, die teilweise im Suizid endet.

Zusammenfassung

Fasst man die charakteristischen Merkmale des Syndroms zusammen, so ist insbesondere körperliche und emotionale Erschöpfung zu nennen; des Weiteren anhaltende physische und psychische Leistungs- und Antriebsschwäche sowie der Verlust der Fähigkeit, sich zu erholen. Ebenso ist eine zynische, abweisende Grundstimmung gegenüber Kollegen, Klienten und der eigenen Arbeit festzustellen. Burnout ist nicht nur ein persönliches Problem des Betroffenen, sondern gefährdet aufgrund seiner »ansteckenden« Natur das berufliche Umfeld. Auch wenn sich die Krankheitshäufigkeit (Prävalenz) des Burnout-Syndroms noch nicht feststellen lässt, wird eine allgemeine Steigerung des Burnout-Risikos aufgrund sich verändernder Lebens- und Arbeitsbedingungen erwartet. Natürlich könnten viele genannte Symptome auch geradezu entgegengesetzt bei Unterforderung, etwa Arbeitslosigkeit aufkommen.

Danksagung

Ein herzliches Dankeschön möchte ich folgenden Personen widmen:

Meinen Eltern Helga und Adolf – ihr wisst wofür! Alles zu nennen, was ihr für mich getan habt, würde wohl einige Bücher füllen.

Marion, Andrea und Andi für jede Menge schöner Stunden, mit hervorragender Bewirtung und vielen positiven Gedanken. Den Schitag mit euch werde ich niemals vergessen. Ich freue mich auch schon auf den nächsten Törn.

Gerhard und Soli für die vielen Powerpoints, die mich in meinen positiven Gedanken bestärken sollten.

Heli und Susi für die lustigen Stunden, in denen ihr mich erheitert und mir Mut zugesprochen habt. Und Martin, dass du mich immer über alles am SC-Platz informiert hast (Spielerdaten, Ergebnisse usw.).

Dr. Gerhard Kummer und seinem Team – Brigitte und Sonja. Sie haben mich von Anfang an bestens unterstützt und aufgebaut sowie vieles (Therapien im Beratungszentrum, Klinikaufenthalt in Bad Aussee, Psychiaterbesuche) in die Wege geleitet.

Stefan und Familie sowie allen Kolleginnen und Kollegen bei CD1 für ihre Unterstützung und die ebenfalls netten und aufmunternden Gespräche.

Meinen Freunden (den Niedermeyers), dass ihr immer ein offenes Ohr für mich hattet und habt. Und Birgit, danke für deine vielen unentgeltlichen Taxidienste.

Meinem Freund »Taschi« für die eine oder andere Sitzung, zu der ich ihn begleiten durfte und für die Gespräche, die dabei entstanden sind.

Frau Mag. Waltraud Wetzlmair-Zechner für ihre Hilfe bei der Fehlerbereinigung sowie für die eine oder andere Korrektur.

Hans-Peter Wildling für seine tolle und wirklich kreative Covergestaltung sowie für seine Spontanität, mir als Laien in diesem Metier behilflich zu sein.

Herrn Reinhard Stockinger, für die vielen Tipps und Files, die er mir im Zuge eines netten Gesprächs zur Verfügung gestellt hat.

Herrn Gerfried Stockinger für das informative Gespräch, das ich mit ihm führen konnte, und für seine Hilfe bei einigen Textkorrekturen.

Meiner Therapiegruppe aus Bad Aussee und dem gesamten Ärzteteam, für alles, was sie mir wiedergegeben haben: Motivation, Zuversicht und Dankbarkeit.

Frau Mag. Stelzer vom Beratungszentrum Liezen für ihre Geduld bei meiner psychologischen Leistungsdiagnostik, und die netten Gespräche.

Bürgermeister Rudolf Hakel, der versucht hat, mir beruflich unter die Arme zu greifen und auch dafür, dass er sich meine Sorgen anhörte.

Sabine und Erich Staud für die Möglichkeit Ihnen ein wenig beim Umbau zu helfen, und für das opulente 6 Gänge Menü.

Bei der »Ratschrunde« (Damenrunde) meiner Frau, dass ich ab und zu mit ihnen »mitratschen« (unterhalten) durfte.

Und den vielen Menschen, die mich motiviert haben, diesen – meinen – Weg zu gehen. Sollte ich jemanden nicht persönlich genannt oder vergessen haben, so bitte ich das zu entschuldigen.

Glaube – Hoffnung – Zuversicht

Glaube ist bei vielen Menschen
die Suche nach dem wahren Ich.
Glaube heißt, den Schmerz zu fühlen,
der sich hat verinnerlicht.

Hoffnung heißt, nach vorn zu blicken,
nicht im Kummer zu ersticken.
Hoffnung kann die Rettung sein,
fühlst Du im Leben Dich allein.

Zuversicht zum Leben haben,
hat so manchen Schmerz besiegt.
Zuversicht gibt Dir die Stärke,
führt Dich auf dem Weg zum Glück.

Glücklich sein wirst Du im Leben,
wenn in Dir erstrahlt ein Licht.
Und die Menschen in Dir sehen,
Glaube – Hoffnung – Zuversicht.

© Alfred Stadlmann 2010

Literaturverzeichnis

Autor: Luise Reddemann
»Eine Reise von 1000 Meilen beginnt mit dem ersten Schritt«
ISBN: 9-783451-059893
Verlag Herder – www.herder.de

Autor: Thomas Hohensee
»Gelassenheit beginnt im Kopf«
ISBN: 9-783426-872826
Verlag Knaur – www.knaur.de

Autor: Jesse Martin
»Lionheart«
ISBN: 9-783894-052577
oder 3-89405-257-0
Verlag: Frederking & Thaler GmbH München
www.frederking-thaler.de

de.wikipedia.org/wiki/Burnout-Syndrom (23.05.2009, 09:39)

Alfreds Welt der
Zwei & Vierzeiler
Alfred Stadlmann

Zwischen zwei Zeilen können jede Menge Erinnerungen stecken: ein wunderbarer Urlaub auf See, ein historischer Sieg auf dem Fußballplatz, eine prickelnde Zweierbeziehung, lustige Kindheitserinnerungen, ein hektischer Tag beim Shoppen oder auch ein erotisches Abenteuer.

Fischer- und Jägerlatein dürfen natürlich fehlen, und was »bauernschlau« bedeutet – auch in diesem Punkt nimmt der Autor kein Blatt vor den Mund.

Heiter-besinnliche Einleitungen zu den jeweiligen Kapiteln erklären auf unterhaltsame Weise, was der Autor in diesem Kleinod der Lyrik sagen möchte.

Lassen Sie sich entführen in die Welt Ihrer Fantasie. Nehmen Sie einfach die Zweizeiler in diesem Buch als Auslöser für einen Gedankenflug. Und wer weiß ...

Im gut sortierten Buchhandel, auf Amazon und anderen Internetshops

ISBN: 978-3839124499

Details dazu unter: www.steirerbua.at